D1380653

Omslag: B'@RT
               grafischebom@gmail.com

Binnenwerk: Bert van Gorkum

Drukwerk: Koninklijke Wöhrmann, Zutphen

ISBN 978-90-8660-096-0

© 2009 Uitgeverij Ellessy
Postbus 30227
6803 AE Arnhem
www.ellessy.nl

Bianca van Strien

Een moeilijke start

Liefdesroman

ELLESSY
RELAX

Hoofdstuk 1

Tabea Rensenbrink keek op haar gemak het grasveld eens rond. Behalve gezinnen met kleine kinderen, waren er op dit vroege uur ook al heel wat jongelui aanwezig, ze vermaakten zich duidelijk prima. Er werd behoorlijk geflirt tussen de meiden en de jongens. Niet ver bij haar vandaan zag ze een mooie man van een jaar of vijfentwintig, dertig zitten. Hij zat ergens naar te kijken, maar ze kon niet vaststellen naar wat. Hij kwam haar een beetje bekend voor, maar ze wist niet waarvan. Waarschijnlijk van vroeger. Zo vreselijk veel ouder dan zij kon hij niet zijn en op de paar jaar die ze met Erik had samengewoond na, had ze haar hele leven in haar ouderlijke woonplaats doorgebracht. Het was best mogelijk dat ze hem vaker had gezien, maar op het moment kon ze geen naam of tijd noemen. Zijn blonde haren waren kort geknipt en door de zon bijna wit geworden. Hij had een snor. Normaal viel ze helemaal niet op snorren, maar bij hem vond ze het wel erg sexy. Zijn huid was gebruind, wat geen wonder was met deze heerlijke zomer. Hij zag eruit alsof hij vaak in het zwembad was.

Met een zucht draaide ze zich om en pakte een boekje uit haar tas. Stapelgek moest ze zijn om naar de eerste de beste man te gaan zitten staren die ze tegenkwam. Ze had zich voorgenomen om zich nooit meer iets van een man aan te trekken, ze hadden in haar leven genoeg ellende veroorzaakt. Mannen dachten toch alleen maar dat ze konden doen en laten wat ze wilden.

Haar gedachten dwaalden af naar Erik, haar ex-vriend. Een paar weken eerder had ze hem definitief verlaten, maar helaas moest ze nog steeds erg veel aan hem denken.

Ooit had Tabea zich voorgesteld dat ze voor altijd met hem samen zou blijven. Ze had nooit verwacht dat ze na vier jaar bij hem weg zou gaan. Natuurlijk had ze er ook nooit op gerekend dat hij haar zou bedriegen waar ze bij stond en dat hij er blij mee zou zijn dat ze na haar zwangerschap van zes maanden een miskraam kreeg, *"omdat een baby toch wel lastig was"*.

Iedere keer als ze daaraan dacht, wist ze dat ze de juiste beslissing had genomen en dat ze blij moest zijn dat ze bij hem weg was. Ooit zou ze eraan wennen om alleen te zijn.

Ze had wel genoeg gedachten aan Erik verspild en na een paar keer heel diep adem te hebben gehaald, besloot ze wat te gaan lezen. Helaas kon ze zich niet op het romannetje concentreren. Het was niet alleen Erik die haar bezighield, ook de blonde man van een stukje verder dook steeds op en ze merkte dat ze regelmatig naar hem zat te kijken, naar hem zat te staren soms. Uiteindelijk draaide ze zich op haar buik: misschien zou het ophouden als ze wat zou slapen. 's Nachts kwam daar weinig van.

'Waah!' Met een kreet schoot Tabea overeind, er liep iets akeligs kouds over haar rug. Toen ze echt wakker werd, realiseerde ze zich dat het water wel aangenaam was maar toch niet spontaan over haar rug hoorde te lopen. Iets klopte er niet. De prettige afkoeling werd verstoord doordat er iets ondefinieerbaars in haar zij geprikt werd. Ook hoorde ze wat geschuifel. Thuisbrengen kon ze van dit alles niets, maar inmiddels wist ze weer dat ze in het zwembad was en ze daar in de zon in slaap moest zijn gevallen. Op het moment dat ze eindelijk haar hoofd omdraaide, keek ze in de blauwe ogen van een klein kind en ze draaide zich op haar zij om het beter te kunnen bekijken.

Tabea dacht nog een moment dat ze droomde, ze had het laatste jaar wel vaker over kinderen gedroomd. Even voelde ze tranen in haar ogen opwellen en snel slikte ze ze weg. Nu was het geen droom. Het kind was echt, waarschijnlijk nog geen anderhalf jaar oud en het had alleen een luier aan. Hij of zij, dat was niet zo duidelijk, was bezig geweest water uit een emmer over haar heen te scheppen.

Het was een mooi kind, met ondeugende blauwe ogen en springerige blonde krulletjes. Ze besloot er niets van te zeggen dat ze op een behoorlijk abrupte manier was gestoord. Het was eigenlijk wel goed geweest dat ze onderhand eens wakker werd, het werd veel te warm in de zon. Waarschijnlijk zou ze een zware zonnebrand hebben opgelopen als het kind haar niet had gewekt. Een ijsje zou haar goed doen en daarna zou ze een poosje gaan zwemmen. Nadat ze zich een beetje had afgedroogd trok ze een T-shirt aan, er zich de hele tijd van bewust dat het kind haar in de gaten zat te houden. Het was een beetje bij haar spullen uit de buurt gegaan, maar was er nog steeds. Ze keek om zich heen, ze had er geen idee van waar het kind bijhoorde. Er waren aardig wat gezinnen en niemand besteedde aandacht aan het schattige kind. Waarom ook? Het zat heerlijk te spelen.

Tabea pakte haar geld, keek naar het kind en merkte dat er een glimlach om haar lippen lag. Nog wel.

Het verbaasde haar dat een klein kind haar zo in verwarring kon brengen. Hopelijk was dat weg als ze terugkwam. Snel dacht ze aan iets anders: drie weken vakantie en vandaag was de eerste dag. Ze kon doen en laten wat zij wilde, bovendien zag het ernaar uit dat het nog een poosje zwembadweer zou blijven. Heerlijk!

Op haar gemak liep Tabea terug naar haar plekje. Het kind was nergens te zien en ze wist niet of ze opgelucht of teleurgesteld moest zijn en ze ging in de zon liggen. Het ijsje en het rondje zwemmen hadden haar goed gedaan en ze was gelukkig aardig afgekoeld.

'Hé, wat ben jij allemaal aan het doen?' hoorde ze plotseling een donkere mannenstem vragen.

'Ik?' Tabea schrok op en kwam langzaam overeind om te kijken wat er aan de hand was. Het had niet veel gescheeld of ze was weer in slaap gevallen. Het was opvallend dat slapen overdag beter ging dan 's nachts.

Het volgende moment keek ze in een paar heel blauwe ogen. Nooit eerder had ze zulke blauwe ogen gezien en ze werd er gewoon sprakeloos van. Pas nadat ze haar ogen van de zijne had losgerukt zag ze dat de man de vraag helemaal niet aan haar had gesteld, maar aan het kind, dat bezig was de tas waar haar kleren in zaten leeg te halen.

Ze moest erom lachen. 'Dat had ik helemaal niet gezien.' Ze kon onmogelijk boos worden op zo'n leuk kind.

'Sorry. Ik ook niet. Jonas, hou daar eens mee op.' De man liep naar het kind toe en tilde het op. Hij was het, de man die ze niet uit haar gedachten had kunnen zetten. Van wie ze zelfs vlak voor hij haar had gewekt had gedroomd. Van dichtbij viel haar pas echt op hoe goed hij eruitzag en nu ze zijn ogen had kunnen zien, was ze helemaal verkocht. Het was vreemd dat ze niet meteen had gezien dat hij de vader van het kind moest zijn, nog nooit eerder was haar een gelijkenis tussen een vader en een zoon zo opgevallen.

'Het geeft niet. Ik had ook een beetje beter op mijn spullen moeten letten.' Ze glimlachte naar de man, maar ze kon door de zon die in haar gezicht scheen niet zien of hij de glimlach beantwoordde. 'Hoe oud is hij?' Ze keek weer naar het jongetje. 'Vijftien maanden,' vertelde hij. Jonas glimlachte naar haar en Tabea kreeg het er helemaal warm van. Haar kindje zou vijf maanden jonger zijn geweest, bedacht ze terwijl ze een brok in haar keel voelde komen. Nee, niet weer. Het was inmiddels al veel te lang geleden om daar weer over van streek te raken.

'Het spijt me dat hij je heeft lastiggevallen, ik zal wat beter op hem letten,' onderbrak hij glimlachend haar pijnlijke gedachten. De glimlach zorgde er zelfs voor dat haar hart sneller begon te kloppen.

Hij draaide zich om en liep naar zijn plekje terug. Daar graaide hij wat in een tas om er een flesje uit te pakken. Samen met Jonas ging hij tegen de boom zitten en Jonas begon enthousiast te drinken.

Tabea ruimde haar spullen in haar tas, ze had besloten nog maar eens een duik te gaan nemen.

Op de een of andere manier gingen de man en het kind niet meer uit haar hoofd want met zijn tweeën waren ze natuurlijk helemaal onweerstaanbaar. Ze moest gek geworden zijn om zoiets te denken. Snel liep ze naar het water, ze moest hoognodig een paar graden afkoelen. Het water was zo heerlijk dat ze er helemaal niet meer uit wilde komen en ze zwom het ene baantje na het andere.

'Hallo?' hoorde ze plotseling de donkere stem van de man die al een halve dag lang haar gedachten beheerste.

Toch wel een beetje geschrokken draaide ze zich naar hem om. Ze had niet gemerkt dat hij ook het water in was gekomen.

'Hallo. Waar heb je Jonas gelaten?' vroeg ze hem meteen een beetje verontwaardigd. Tot nu toe had ze nog geen moeder in de buurt van het kind gezien en hij had het ook niet bij zich.

'Jonas slaapt. Joy past op hem.' Hij glimlachte naar haar. 'Ik vond dat ik nu ook wel een paar minuten kon gaan zwemmen.'

Joy. Dus toch een vrouw. Natuurlijk, zo'n knappe man moest een vrouw hebben. Zeker als hij een kind had. Nog geen moment had ze daarover nagedacht. Misschien had ze een zonnesteek opgelopen.

'Ik ben Andries Tilborg,' stelde hij zich voor.

Andries Tilborg. Geen wonder dat hij haar bekend was

voorgekomen. Hij was met een van haar vroegere vriendinnen, Monique, getrouwd. Een paar jaar geleden hadden ze elkaar tijdens een reünie weer ontmoet. Waarschijnlijk had ze hem op de reünie ook gezien. Dat was geen verklaring voor Joy, maar goed, dat ging haar niets aan.

'Tabea Rensenbrink,' zei ze ook maar. Ze zag dat hij zijn wenkbrauwen optrok, hij leek haar naam te kennen. De naam Tabea kwam ook niet zo heel vaak voor en was makkelijk te onthouden als je hem weer hoorde. Veel mensen dachten haar te moeten kennen omdat ze haar naam hadden onthouden.

'Ik heb op de lagere school bij Monique in de klas gezeten, ik denk dat we elkaar op de reünie gezien hebben,' ging ze verder.

Hij knikte en ze dacht dat ze een donkere blik in zijn ogen had gezien, het leek op pijn, maar meteen daarop was het alweer verdwenen en hij glimlachte.

'Jonas lijkt je erg aardig te vinden,' zei hij plotseling zachtjes.

Tabea haalde haar schouders op. 'Ik weet niet waar ik dat aan te danken heb.' Ze glimlachte. 'Ik vind hem schattig, dat heeft hij misschien door.' Ze begon te zwemmen en hij zwom een stukje met haar mee. Het verbaasde haar dat het haar niets uitmaakte, ze vond het prettig bij hem in de buurt te zijn. Ook zonder dat ze zich verplicht voelde iets tegen hem te zeggen.

'Ik ga naar de kant, voor het geval Jonas wakker wordt.' Hij glimlachte naar haar en Tabea's hart begon te razen. Hemel, dat had ze al een paar jaar niet meer gevoeld. Het was al lang geleden geweest dat Eriks glimlach haar hart op hol had laten slaan.

'Tot straks dan.' Ze glimlachte terug. Natuurlijk zouden ze elkaar later weer zien, ze zaten tenslotte bijna naast elkaar.

Nog een hele tijd bleef ze in het water, in de hoop genoeg af te koelen om Andries onder ogen te durven komen. Ze had het gevoel verliefd te zijn: verliefd op de man van Monique. Haar beste vriendin van de lagere school. Toch vond ze het vreemd dat hij niets over haar had gezegd. Wie was Joy?

Zelf was ze ook niet meer bij Erik, dus misschien waren ze gescheiden en had hij vandaag hun zoon op visite. Misschien was hij weekendvader. Waarom maakte ze zich eigenlijk druk? Ze besloot dat het beter was dat ze naar huis ging. Snel zwom ze naar de kant en liep naar haar handdoek. Hoewel ze zich had voorgenomen het niet te doen, kon ze het niet laten naar Andries en Jonas te kijken. Jonas lag onder een handdoek in de schaduw van de boom nog steeds te slapen. Andries was een boek aan het lezen, maar toen hij haar zag aankomen, lachte hij naar haar. Nergens was ook maar een glimp van een Joy te ontdekken. Waarom haar dat opluchtte, daarover wilde ze niet nadenken.

Ze pakte een handdoek en begon zich af te drogen, daarna ging ze nog even met haar boek in de zon zitten. Ze wilde eerst een beetje opdrogen voor ze op haar fiets zou stappen. Nu ze weer dicht bij hem in de buurt was en er geen Joy te zien was, had ze ineens niet meer zoveel haast om thuis te komen. Ze probeerde zich op haar boek te concentreren, maar dat lukte niet erg goed. Iedere keer dwaalden haar blikken naar hem af en een enkele keer ontmoetten hun ogen elkaar. Blijkbaar liet zij hem ook niet helemaal koud. *Tabea, hou op!* sprak ze zichzelf in gedachten streng toe. *Andries is een getrouwde man met een kind. Hij kan onmogelijk iets in je zien. Bovendien wilde je toch helemaal geen man meer?*

Ze had genoeg ellende achter de rug en om daar een beetje van bij te komen had ze zich drie weken vakantie gegund. Daarna zou ze zich bij het uitzendbureau melden om daar ieder beschikbaar baantje aan te nemen, om dan uiteindelijk haar droombaan te vinden. Misschien dat ze tegen die tijd eens aan een relatie zou kunnen denken. Nu was ze daar nog helemaal niet aan toe.

Zodra ze ook maar een klein beetje dacht dat haar badpak droog genoeg was, trok ze haar korte broek en T-shirt aan en pakte haar spullen bij elkaar. Jonas was inmiddels weer wakker geworden en zat bij zijn vader op schoot. Op het moment dat ze weg wilde lopen zag hij haar en hij glimlachte. Ze zwaaide. Ook naar Andries en hij zwaaide terug.

Ze gaf zichzelf op haar kop omdat ze het jammer vond dat ze wegging. Ze had best even kunnen blijven, maar nu kon ze onmogelijk haar spullen weer neerleggen en gaan zitten. Ze had zich al belachelijk genoeg gedragen voor die dag.

Hoofdstuk 2

De volgende dag besloot Tabea toch weer naar het zwembad te gaan. Ze had na lang piekeren aan zichzelf moeten toegeven dat ze die Andries vreselijk aantrekkelijk had gevonden en ze had aan helemaal niets of niemand anders meer kunnen denken. Dat betekende natuurlijk niet dat ze thuis moest blijven. Kijken kon toch geen kwaad? De weerberichten gaven aan dat het weer vreselijk warm zou gaan worden en ze had geen zin om in haar woning te blijven zitten wachten tot ze gaar was. Niemand kon haar van haar dagje in het zwembad afhouden.

Pas toen ze haar handdoek had neergelegd zag ze dat hij er ook al was. Toch besloot ze om niet weg te gaan en een andere plek te gaan zoeken.

'Hallo Tabea.' Ze was net in de zon gaan liggen toen ze zijn stem dichtbij hoorde. Haar ogen vlogen open en haar hart ging meteen als een wilde tekeer.

'Sorry, ik wilde je niet weer laten schrikken.' Hij ging op zijn hurken voor haar zitten. 'Hoe is het?'

'Wel prima hoor. Lekker weer, niet?' babbelde ze een beetje onbeholpen. Haar stem had haar ook wat vreemd in de oren geklonken. Langzaam kwam ze overeind.

'Zalig.' Hij grinnikte een keer. 'Ik wilde je alleen even waarschuwen dat wij er ook weer zijn. Dan kun je je spullen in veiligheid brengen voor mijn zoon.'

'Dank je, maar dat is niet nodig, ik heb niet echt veel waardevols bij me. Hoe is het met hem?' Ze hoopte dat hij haar hoogrode kleur zou wijten aan de zon.

'Prima hoor.' Andries keek haar aan en Tabea voelde hoe haar hart nog sneller begon te slaan, ze kon haar ogen niet meer van de zijne losmaken. Ze zag dat hij slikte en ze moest hetzelfde een keer doen. 'Ik ga weer naar Jonas terug, anders denkt hij misschien dat ik je om toestemming heb gevraagd je spullen uit te pakken.' Heel even strekte hij zijn hand naar haar gezicht uit, maar hij trok hem weer terug, stond op en liep naar zijn plaats.

Zou hij haar echt hebben willen aanraken? Ze keek hem kort na, draaide zich op haar buik en sloot haar ogen: dit was belachelijk. Het belachelijkste was dat ze het een prettig idee vond dat hij haar had willen aanraken, dat ze het heel erg jammer vond dat hij het niet had gedaan.

'Heb je zin om vanavond met ons mee te gaan pizza eten?' Andries was in de loop van de dag dichter bij haar komen zitten en als ze eerlijk was, moest ze toegeven dat ook zij inmiddels een halve meter in zijn richting was geschoven. Ze konden nu zonder problemen en zonder luid te praten een gesprek met elkaar voeren, als ze dat zouden willen. Op wat korte algemeenheden na hadden ze echter nog niet veel met elkaar gesproken.

'Pizza?' Eigenlijk had ze over de uitnodiging verbaasd moeten zijn, maar dat was ze niet. Het klonk erg goed. Ze zou waarschijnlijk zelf ook iets van pizza of chinees zijn gaan halen. De hittegolf van de laatste dagen zorgde ervoor dat zij in ieder geval weinig zin had om lang in de keuken te staan. 'Ja, daar heb ik best zin in.'

'Gezellig.' Hij haalde zijn schouders op, alsof hij niet toch een beetje opgelucht was over haar antwoord. 'We moeten dan wel vroeg gaan, want Jonas moet een beetje op tijd naar bed. Ik hoop dat je dat niet erg vindt?'

Zo zeker was hij blijkbaar niet van zijn zaak. 'Nee hoor, het is prima.' Tot haar verbazing zag ze dat er een blond meisje van een jaar of vijf naar hun plekje toegelopen kwam. Ze gooide een emmer en schep naast Andries' tas en begon aan de feloranje zwembandjes te trekken. Andries hielp haar met de bandjes, pakte een grote handdoek en begon haar af te drogen.

Hij had nog een kind!

Twee kinderen, en van een vrouw was niets te zien. Tabea herinnerde zich Monique plotseling heel duidelijk. Op die leeftijd had ze veel op het meisje geleken. Waar zou ze zijn? Hoe zou het met haar gaan? De laatste keer dat ze haar gezien had, was op die reünie geweest. Dat was inmiddels alweer zes jaar geleden. Ze was toen net met Andries getrouwd geweest en ze hadden de hele avond lekker zitten bijkletsen. Hoewel ze hadden afgesproken dat ze contact met elkaar zouden houden, hadden ze elkaar na die avond nooit meer gezien. Wie weet zou ze nu weer eens de kans krijgen. Langzaam begon ze te vermoeden dat hij en Monique gescheiden waren en ze moest toegeven dat ze er nieuwsgierig naar was.

Zijn dochter ontdekte haar en keek haar een beetje achterdochtig aan. Tabea glimlachte een keer naar het kind, maar de vijandigheid in de ogen van het kind werd alleen maar groter. Dat was nogal een verschil met de reactie van Jonas. Hij kwam best vaak bij haar in de buurt en glimlachte altijd als hij haar aankeek.

'Dit is Joy,' zei Andries, alsof hij wist dat ze met haar gedachten bij het kind was. Alsof het vanzelfsprekend was dat hij haar zijn dochter voorstelde.

'Hallo Joy,' zei ze tegen het meisje. Joy draaide zich op haar woorden om en gaf geen antwoord. Ze begon met Jonas te spelen, die er duidelijk blij om was dat zijn grote zus er weer was.

Toen Joy er genoeg van had om met haar broertje te spelen, at ze een boterham en las wat in een boekje. Tabea negeerde ze volledig. Jonas kwam iedere keer weer bij haar. Hij kwam zelfs bij haar op schoot zitten en uiteindelijk viel hij in slaap, in haar armen.

Tabea keek vertederd op hem neer, verbaasd over zoveel vertrouwen. Zijn blonde krulletjes zaten in de war en over zijn hele gezichtje zat ijs, zand en gras gesmeerd. Ook zijn handjes waren smerig. Onwillekeurig dacht ze aan haar baby, een jongetje was het ook geweest. Raymond, ze had hem Ray willen noemen. Ze had zich erop verheugd moeder te worden en had het amper kunnen afwachten haar kind in haar armen te kunnen nemen. Kijkend naar het slapende kind welden er tranen in haar ogen op terwijl ze terugdacht aan wat er was gebeurd. Zachtjes streelde ze Jonas' gezichtje en er viel een traan op haar hand. Onbewust snifte ze een keertje.

'Ik leg hem even in de schaduw,' zei Andries zachtjes. Hij keek haar aan en tilde zijn zoon bij haar vandaan en legde hem in de schaduw van dezelfde boom waaronder hij de vorige dag ook al had liggen slapen. Met een tedere glimlach om zijn lippen legde hij een handdoek over hem heen. Jonas had zich amper bewogen.

Joy kondigde aan dat ze weer naar haar vriendinnetje bij het water ging. Ze gaf haar vader een kus op zijn wang en verdween. Niet veel later kwam ze weer terug om haar zwembandjes te halen en nog net op tijd dacht ze aan haar emmer.

'Kleine chaoot,' zei Andries met een glimlach, terwijl hij keek hoe zijn dochter om de zonnende mensen heen rende.

'Hoe oud is Joy?' vroeg Tabea zachtjes, nadat ze de tranen uit haar ogen had geveegd en de brok in haar keel had weggeslikt. Ze had gehoopt weer normaal te kunnen praten, maar het had nog steeds een beetje schor geklonken.

'Ze wordt volgende maand zes,' antwoordde Andries. Het viel Tabea nu pas op dat hij een beetje dichter in haar richting was geschoven. Ze zaten er nu bij alsof ze bij elkaar hoorden en ook met elkaar gekomen waren.

'Is alles goed met je?' Hij keek haar bezorgd aan.

Ze knikte en ontweek zijn blauwe ogen. 'Ja hoor. Hoe is het met Monique?' vroeg ze, om zijn aandacht wat van haar af te leiden. Dat wilde ze ook weten, ze wilde weten of hij gescheiden was of niet. Ze kon niet met een man en zijn kinderen uit eten gaan als hij getrouwd was.

'Monique is twee maanden na Jonas' geboorte gestorven,' zei hij zacht.

Tabea's hart stond een moment stil van schrik.

'Het spijt me,' wist ze nog net stotterend uit te brengen. 'Dat wist ik niet.' Anders had ze zeker niet zo'n lompe vraag gesteld. Normaal hoorde ze van haar moeder wat er met haar vroegere klasgenoten gebeurd was, maar hierover had ze niets gezegd.

'Ze was met Jonas onderweg, toen ze een auto-ongeluk kregen.' Andries slikte hoorbaar en keek naar zijn diep slapende zoon. 'Jonas heeft het maar net overleefd. Hij heeft ook nog weken in het ziekenhuis gelegen.'

In een opwelling sloeg ze haar armen om hem heen. 'Dat spijt me heel erg.'

Hij drukte haar, waarschijnlijk net zo automatisch, tegen zich aan. Het duurde nog even voor ze zich realiseerde in wat voor situatie ze zich bevonden en ze liet hem los en schoof een klein stukje bij hem vandaan. Het leek alsof hij haar met tegenzin losliet.

Hij keek haar aan en de pijn die ze even in zijn ogen had gezien was verdwenen.

Ze glimlachte verlegen naar hem en Andries drukte een tedere kus op haar lippen, een kus die naar meer smaakte.

'Andries,' fluisterde ze, voor het echt meer kon gaan worden. 'Ik geloof niet dat dit verstandig is.'

Hij glimlachte weer naar haar en streek een pluk haren achter haar oor. 'Ik kon het gewoon niet laten.' Nog één keer streelde hij haar wang voor hij zich ook weer wat terugtrok. 'Ik moet sinds gisteren de hele tijd al aan je denken.'

Tabea wist even niet wat ze met die openhartigheid moest beginnen. Tenslotte had ze nog geen drie minuten geleden ervaren dat zijn vrouw was gestorven. Niet zomaar een anonieme vrouw. Ze had haar gekend, heel goed zelfs. Ook was het voor haar niet normaal dat iemand van vijfentwintig stierf. Voor zover ze wist, had ze nooit iemand gekend die zo jong al gestorven was en eigenlijk moest ze er even over nadenken.

'Je bent erg geschokt, hè?' onderbrak Andries haar nogal verwarde gedachten.

Ze knikte. 'Het spijt me, maar ik ben even behoorlijk van slag. Op de lagere school was ze mijn beste vriendin.'

'Ik weet het,' zei Andries rustig.

'Ik begrijp niet dat ik het nooit heb gehoord. Mijn moeder weet altijd alles van iedereen.' Ze kon er nog steeds niet bij.

Hij schonk een beker limonade in en overhandigde die haar. 'We woonden niet hier. We hebben een paar jaar in de Achterhoek gewoond. De kinderen en ik wonen hier pas weer sinds een half jaar. Ga je nu niet met ons mee pizza eten?' vroeg hij na een korte stilte.

'Zover was ik nog niet.' Ze dronk een slok van de limonade en zuchtte diep. 'Als je me nog mee wilt hebben, kom ik mee.'

'Natuurlijk wil ik nog steeds dat je meekomt.' Hij raakte kort haar schouder aan. 'Je moet niet denken dat het me niet interesseert van Monique,' zei hij plotseling zachtjes. 'Het is alleen zo dat ik me een paar weken geleden heb voorgenomen met mijn eigen leven verder te gaan. Met dat van de kinderen. Het werd langzaam weer tijd. Ik ben niet degene die gestorven is, de kinderen ook niet en wij moeten een zo normaal mogelijk leven zien te leiden.'

'Je hoeft je niet te verontschuldigen.' Ze probeerde naar hem te glimlachen, helaas lukte het niet helemaal.

'Dat weet ik.' Hij zuchtte diep en keek haar aan. 'Vertel me nu maar eens jouw verhaal.'

'Mijn verhaal?' Ze keek hem geschrokken aan, maar wist precies wat hij wilde weten. 'Tot voor een paar weken heb ik met Erik samengewoond, een jaar of vier,' begon ze langzaam, verrast dat de woorden kwamen. 'Ik heb altijd al kinderen gewild en Erik wist dat. We hadden het laatste jaar ook niets meer gedaan om een zwangerschap te voorkomen, daardoor dacht ik dat hij het ook wel leuk zou vinden.' Ze nam nog een slok van de limonade en keek naar Jonas. Onder de handdoek kon ze alleen een klein plukje blonde haren zien uitkomen. 'Toen ik hem vertelde dat ik zwanger was, haalde hij zijn schouders op en zei me dat het mijn zaak was. Hij ging weg en kwam die nacht niet thuis. Het was niet de eerste nacht dat hij niet thuiskwam, zonder te verklaren waar hij was geweest. Hij had al een hele tijd een vriendin, maar ik wist het niet. Ik was zo teleurgesteld door zijn gedrag wat mijn zwangerschap betrof dat ik dat niet meteen doorhad. Ik dacht dat hij gewoon tijd voor zichzelf nodig had om aan het idee te wennen. Een aantal weken later was hij nog steeds niet aan het idee gewend en ik vroeg hem in het wilde weg of hij een vriendin had. Hij ontkende en ik geloofde hem, want ik wilde hem vertrouwen. Een paar dagen later zag ik hem met een andere vrouw en toen ik er weer naar vroeg, gaf hij toe dat ze zijn vriendin was.'

Ze zuchtte diep terwijl ze zich alles weer tot in de details her-innerde. Vooral dat hij het had ontkend toen ze het de eerste keer had gevraagd had pijn gedaan. 'Toch bleef ik bij hem. Hij wilde dat ik bij hem bleef, omdat hij bleef volhouden dat die ander niets te betekenen had. Ik geloofde hem weer. Vanwege de baby kon ik ook niet weg. Het was zijn kind en ik was ervan overtuigd dat hij ooit zou inzien dat een baby van ons samen het beste was wat ons had kunnen gebeuren. Bij vlagen deed hij ook zijn best en ik was er zeker van dat het weer goed zou komen.' Ze keek naar Andries. Tot haar verbazing zag hij er niet uit alsof ze hem verveelde. Hij had aandachtig naar haar geluisterd en glimlachte bemoedigend. Dus vertelde ze hem, alsof het de gewoonste zaak van de wereld was, het ergste wat haar in haar leven was overkomen.

'Erik zei me dat de baby ons uit elkaar gedreven had, maar hij had zijn vriendin al langer dan ik zwanger was. Ik was gewoon blind geweest. Ik was ervan overtuigd dat Erik mijn grote liefde was en we voor altijd bij elkaar zouden horen.' Ondanks het warme weer liep er een rilling over haar rug. 'In de zesde maand van mijn zwangerschap wist ik dat er met de baby iets niet in orde was en ik ging naar mijn arts. Hij stelde vast dat mijn baby gestorven was.' Pas nadat ze haar keel had geschraapt kon ze verder praten. 'Ik belde Erik meteen op en hoopte dat hij naar me toe zou komen. Hij kwam de volgende dag, pas nadat de baby geboren was. De geboorte heeft uren geduurd en al die tijd was hij niet bij me. De baby was een jongetje, Ray. Toen Erik eindelijk bij me was, was ik opgelucht hem te zien, maar het enige wat hij zei, was dat het misschien wel beter was dat het was gebeurd. Een kind zou wel heel erg lastig zijn geweest.' Ze moest haar ogen sluiten, omdat ze bang was door tranen te worden overmand. Niets in haar leven had haar zo gekwetst als het verlies van haar baby en daarna Eriks woorden. 'Ik was helemaal overstuur en hij werd door een verpleegster weggestuurd. Hij kwam niet meer terug. Pas toen ik na een paar dagen weer thuiskwam, zag ik hem weer. Hij vroeg alleen of het goed met me ging. Over de baby heeft hij geen woord gezegd. We spraken amper met elkaar. We leefden in hetzelfde huis, maar dat was dan ook alles. Mijn moeder kwam me op een dag ophalen, omdat ze had ontdekt dat Erik een vriendin had en ze van iemand had gehoord wat hij in het ziekenhuis had gezegd. Ze vond dat ik een poosje naar huis moest komen om te herstellen. Na een paar weken ging ik toch weer terug naar Erik. Misschien had hij me gemist. Misschien zou hij weer van me houden, nu er geen baby zou komen. Natuurlijk was dat niet zo. Na het nog een paar maanden te hebben geprobeerd ben ik definitief bij hem weggegaan. Eerst heb ik een poosje bij mijn moeder gewoond, maar nu heb ik een huisje gehuurd en werk ik voor een uitzendbureau. Ik heb een poosje vakantie genomen.' Ze wilde een slok van de limonade nemen, maar stelde vast dat de beker leeg was en haar hand trilde nogal toen ze hem op de grond zette. 'Ik ben blij dat ik bij Erik weg ben, maar ik had Ray erg graag gekregen. Ik moest er weer aan denken toen Jonas in mijn armen in slaap gevallen was. Als alles goed gelopen was, dan zou Ray nu tien maanden oud zijn geweest,' besloot ze zachtjes, ze had weer tranen in haar ogen en ze merkte pas dat Andries haar hand streelde toen ze ernaar keek. Het was haar nog niet eerder opgevallen, maar aan de temperatuur van haar hand te voelen deed hij dat al een poosje. Ze had het verder akelig koud.

'Het spijt me.' Ze keek hem een beetje geschokt aan en wilde haar hand terugtrekken, maar hij hield haar tegen. 'Het was niet de bedoeling dat ik meteen de hele ellende eruit zou gooien, dat doe ik normaal nooit.'

Hij glimlachte. 'Dat geeft niet, ik heb er zelf om gevraagd.' Een moment was hij stil, terwijl hij haar onderzoekend aankeek. 'Die Erik is gek dat hij je op die manier heeft behandeld. Het spijt me dat het gebeurd is, je zou vast en zeker een fantastische moeder zijn geweest.' Door zijn woorden sprongen nu echt de tranen in haar ogen en Andries trok haar dicht tegen zich aan om haar heel goed vast te houden. De huilbui die er allang aan zat te komen kon ze nu niet meer tegenhouden.

Een poosje later trok ze zich uit zijn armen terug en ze keek hem wat verward aan. 'Ik begrijp niet wat er hier gebeurt, maar het spijt me,' stotterde ze.
'Ik denk dat ik wel weet wat er hier gebeurt.' Hij veegde tranen uit haar gezicht. 'Het hoeft je niet te spijten.'
Tot haar eigen verbazing geloofde ze hem en ze kreeg het voor elkaar een glimlachje op haar gezicht te laten verschijnen. Ze keek eens om zich heen en voelde zich een beetje opgelaten, maar alles zag eruit als voor die tijd en niemand had op hen gelet.
'Gaat het weer een beetje?' vroeg Andries haar.
'Ja hoor.' Ze haalde nog steeds een beetje verlegen een blikje limonade uit haar tas en goot de inhoud in de beker die ze van Andries had gekregen. 'Wil je ook?'
Hij schudde zijn hoofd. 'Nee, dank je.'
Jonas begon een beetje te huilen, blijkbaar werd hij wakker en wist hij niet waar hij was. Andries kroop meteen naar hem toe.
'Hallo Jonasje.' Hij trok langzaam de handdoek van de dreumes weg. 'Word eens wakker,' zei hij zachtjes.
Tabea zag dat Jonas zijn ogen opendeed, zijn vader zag en de echte huilbui uitbleef. Andries tilde Jonas op en wiegde hem in zijn armen tot hij helemaal echt wakker was geworden.
Tabea kon alleen maar naar het tweetal kijken. Het was zo heerlijk om te zien dat ze er weer helemaal ontroerd van werd. Nu kon ze zich niet eens meer voorstellen dat ze ooit van Erik had gedacht dat hij het leuk zou gaan vinden dat ze een baby kregen. Hij zou nooit zo met hun kind zijn omgegaan als Andries met de zijne

omging. Waarom deed die gedachte haar nog steeds pijn?

De hele middag spraken ze niet meer over de emotionele uitbarstingen van eerder. Ze gingen weer over op de normale zwembadgesprekken en Jonas zorgde ervoor dat Tabea niet weer in treurige gedachten terugviel. Van Joy zag ze niet veel. Bij haar vriendinnetje had ze het blijkbaar prima naar haar zin. Als ze al eens kwam, deed ze net of Tabea er niet bij was. Andries vertelde haar dat ze die avond pizza zouden gaan eten. Joy reageerde blij, tot ze hoorde dat Tabea ook meeging.

'Ik wil geen pizza eten. Ik wil naar huis.' Ze sloeg haar armen om haar vader heen en keek hem aan. 'Gaan we thuis eten?' Tabea vroeg zich af of hij het stralende smoeltje van zijn dochter zou kunnen weerstaan. Ze wist duidelijk heel goed hoe ze haar vader om haar vingers kon wikkelen.

'Nee, joh, we gaan pizza eten vanavond. Dat heb ik al met Tabea afgesproken.' Hij trok Joy even tegen zich aan. 'Getsie, je badpak is helemaal nat,' riep hij verontwaardigd uit. Het voorval had een enorme kietel- en lachbui tot gevolg en Joy had het niet meer over pizza eten.

Hoofdstuk 3

'Waarom ben je weer naar Maarssen teruggekomen?' vroeg Tabea aan Andries, toen ze in het restaurant hun pizza zaten te eten.

'Mijn ouders en Moniques vader wonen hier in de buurt. Mijn baas scheen niet te willen begrijpen dat ik mijn werktijden aan de kinderen moest aanpassen. Het idee om voor mezelf te beginnen was niet nieuw en op dat tijdpunt was die beslissing niet meer moeilijk. Voor mezelf beginnen kon ik ook hier doen. Ik ben architect en ik kan gelukkig veel thuis doen.'

'Mis je je vorige baan?'

'Daar heb ik geen tijd voor. Het is wel een prettig gevoel helemaal zelf voor alles verantwoordelijk te zijn. Ik heb aardig wat werk en ik kan er goed van leven met de kinderen, maar soms valt het niet mee.'

'Omdat je geen tijd hebt voor jezelf,' stelde Tabea vast, terwijl ze naar hem keek.

Hij knikte wat aarzelend. 'Ik heb min of meer vakantie genomen, omdat Joy nu vakantie heeft. Ik heb nog werk liggen, maar dat doe ik dan als de kinderen op bed liggen. Volgende week ga ik een weekje naar Zweden om met de kinderen mijn ouders te bezoeken, die daar op vakantie zijn. Dan zijn we er ook even helemaal uit. Na de vakantie moet ik dan weer hard aan de slag.'

'Lukt dat met Jonas thuis?' vroeg ze geïnteresseerd. Ze schrok van zijn opmerking over zijn vakantie en ze wilde er niet aan denken dat hij een week weg zou gaan.

'Nog wel, ik merk wel dat het steeds moeilijker wordt, maar dat is vast ook weer op te lossen,' zei hij luchtig. Door de zucht die er achteraan kwam, werd duidelijk dat hij er meer mee zat dan hij had willen toegeven. 'Mijn ouders en Moniques vader willen af en toe wel eens oppassen, misschien dat we daar nog iets kunnen regelen. Na de vakantie gaat hij ook naar een peuterspeelzaal. Nu heb ik vakantie en daar wil ik van genieten. Daarna zien we wel weer verder. Het zal wel weer lukken.' Hij glimlachte adembenemend naar haar en Tabea's hart miste een paar slagen. 'Wil je nog iets drinken?' Hij pakte haar hand vast en drukte er een kus op. Joy zag het en wierp haar een vernietigende blik toe.

'Een cola,' zei ze zachtjes, toch wel geschrokken van de reactie van Joy. Ze besloot wat meer afstand tussen Andries en haar te houden, wat moeilijk was, omdat ze het gevoel had dat ze dicht bij hem hoorde.

Op de parkeerplaats voor haar huis aangekomen keek Tabea even naar de achterbank: zowel Joy als Jonas waren diep in slaap. Geen wonder, het was heel wat later geworden dan ze gewend waren.

'Ik zou graag nog met je meelopen,' fluisterde Andries, terwijl hij haar hand vastpakte, 'maar ik wil de kinderen liever niet alleen in de auto achterlaten.'

'Ik vind de weg wel terug, denk ik,' glimlachte ze, 'ik heb een heerlijke dag en avond gehad, dank je wel.'

'Kom je morgen weer naar het zwembad?' Hij hield haar hand nog steeds vast, waarschijnlijk om het gevoel nog een poosje vast te houden. Het was niet leuk om afscheid van hem te moeten nemen.

'Als jij er ook weer bent wel,' fluisterde ze en ze schoof dichter naar hem toe om hem op zijn mond te kunnen kussen.

Het was geen echte verrassing dat hij de kus beantwoordde en hij haar zo dicht mogelijk naar zich toetrok.

'Ik zal er morgen weer zijn,' zei hij zachtjes nadat ze de kus hadden verbroken. In de schemering kon ze net zien dat hij haar aankeek. Zijn ogen straalden. Waarschijnlijk straalden de hare ook zo. Het was lang geleden dat ze zich zo gelukkig had gevoeld.

Andries kuste haar nog een keer en stapte uit. Hij liep om de auto heen en opende de deur aan haar kant.

'Dat is wel het minste dat ik kan doen.' Hij pakte haar hand en hielp haar uit de hoge auto, de gelegenheid benuttend om haar nog eens in zijn armen te trekken. 'Dan zie ik je morgen wel weer.' Hij kuste haar nog een keer en liet haar los. 'Ik wacht hier tot je binnen bent.'

'Ik was eigenlijk van plan om je na te kijken, tot ik niets meer van je zag,' zei Tabea.

'Het is beter dat ik wacht tot je binnen bent. Zo hoort het trouwens: mocht je dan worden overvallen tussen hier en je voordeur, kan ik je altijd nog te hulp schieten als de galante gentleman die ik ben,' grapte hij.

'Galante gentleman?' Tabea grinnikte. 'Een galante gentleman kust zijn afspraakje niet tijdens het eerste avondje uit.'

'Dit was ook geen echt afspraakje.' Hij keek haar maar heel even schuldbewust aan. 'Bovendien, als ik het me goed herinner, ben jij begonnen.' Heel kort trok hij haar nog tegen zich aan. 'Ga naar binnen, voor ik van gedachten verander en er van deze toch al niet zo galante gentleman helemaal niets meer over is.'

'Tot morgen dan,' fluisterde ze. Snel drukte ze nog een kus op zijn mond, draaide zich om en liep naar haar huis. Veilig aangekomen zwaaide ze naar hem. Hij zwaaide terug, maar maakte nog steeds geen aanstalten om in zijn auto te stappen. Ze opende de deur dus maar en ging naar binnen. Snel gooide ze haar spullen in een hoek en liep naar het raam. Hij stond er nog steeds, stak zijn hand op en stapte in zijn auto.

Waar was ze nu weer aan begonnen? Ze was toch terug naar Maarssen gegaan om van Erik weg te komen? Om haar eigen leven weer op de rails te krijgen? Niet om een verhouding te beginnen met een andere man. De vader van twee kleine kinderen nog wel.

Hoofdstuk 4

'Hallo.' Tabea legde haar spullen naast de zijne en ze rolde haar handdoek uit.

'Hallo.' Andries keek naar haar, kwam naar haar toe en gaf haar een kus op haar wang. 'Ik ben blij dat je er bent, ik heb je gemist.'

'Ik jou ook.' Hoewel ze zich de halve nacht had voorgehouden dat ze niet zat te wachten op een nieuwe man in haar leven, had ze de rest van de nacht liggen denken aan de mogelijkheid hem in haar leven te houden. Als vriend kon hij misschien blijven. Ze kon zich Andries als vriend voorstellen, maar dat was niet alles wat ze van hem wilde. Nu ze hem weer zag, werd dat haar weer erg duidelijk.

Jonas kwam naar haar toe en glimlachte stralend naar haar. 'Tea.'

'Hallo Jonas.' Ter begroeting aaide ze hem over zijn krulletjes.

'Hij heeft het de hele ochtend al over je.' Andries glimlachte en haar hart sloeg op hol. Ze wilde héél wat meer van hem.

'Papa, waar is mijn badpak?' Joy stond plotseling naast hen en trok Andries aan zijn arm. 'Papa!'

'In de tas,' reageerde Andries wat verstoord.

'Je moet hem opzoeken. Ik kan hem niet vinden.' Het meisje bleef aan zijn arm trekken en heel even keek ze Tabea boos aan. Andries boog zich over de tas en trok daar het duidelijk zichtbare badpak uit. 'Hier.' Andries wilde zijn aandacht weer op Tabea richten, maar dat liet Joy niet toe.

'Papa, je moet mijn zwembandjes nog opblazen!' Hij kreeg ze ook al in zijn handen geduwd.

'Joy, zie je niet dat ik met Tabea aan het praten ben? Ik zal zo je zwembandjes opblazen.' Hij was duidelijk een beetje boos. 'Je hoeft heus niet zo te commanderen.'

Joy keek heel boos terug en hij zuchtte een keer diep, voor hij zijn aandacht op de zwembandjes richtte en ze haar uiteindelijk om deed.

'Ga je niet zwemmen?' vroeg Andries verbaasd aan Joy, nadat ze naast Jonas op het kleed was gaan zitten en verveeld in een van zijn boekjes begon te bladeren.

'Straks.' Joy haalde haar schouders op.

'Is Melanie er niet?' vroeg Andries nu weer.

Weer haalde Joy haar schouders op en Tabea keek even naar het kind. Langzaam begon ze te vermoeden wat er aan de hand was. Zodra zij in de buurt was verschenen, was Joy koppig en boos geworden. Schijnbaar wilde ze Andries niet met haar alleen laten.

'Ik ga zwemmen,' kondigde Tabea aan. Ze glimlachte naar Andries, daarna naar Joy. Misschien zou het kind weer ontdooien als ze iets meer afstand van de familie zou nemen.

Joy had er duidelijk problemen mee dat Andries haar aardig vond, bedacht ze terwijl ze zich in het heerlijke water liet drijven. Om wat voor reden dan ook mocht Joy haar niet. Tijdens het eten de vorige avond had ze dat al op verschillende momenten laten merken. Het gedrag van zojuist was eigenlijk alleen daardoor te verklaren. Misschien zou het snel beter gaan wanneer ze elkaar wat beter kenden. Wat kon ze ook verwachten? Het ging voor haar zelfs al snel genoeg. Een hele tijd bleef ze in het water en ze ontdekte dat Joy naar haar vriendinnetje was gegaan. Met zijn tweeën zaten ze in het zand te spelen. Een enkele keer keek Joy haar richting uit, maar hoe meer ze verdiept raakte in haar spel, hoe meer ze haar leek te vergeten. Uiteindelijk besloot Tabea terug te gaan naar haar plekje. Om te voorkomen dat Joy dat meteen zou ontdekken verliet ze het water ergens anders. Ze wilde de meisjes niet in hun spel storen, bovendien was ze niet echt van plan om Andries van haar af te pakken en waren de zorgen van het kind ongegrond.

'Lekker gezwommen?' vroeg Andries meteen toen ze aan kwam lopen. Zodra ze uit het water was gekomen had hij naar haar gekeken.

'Zalig.' Ze pakte haar handdoek van hem aan. 'Als jij wilt zwemmen, dan pas ik wel op Jonas,' stelde ze voor.

Hij schudde zijn hoofd. 'Nu nog niet, ik ga straks wel even met Jonas het water in. Wil je iets drinken?'

'Ik heb zelf bij me.' Ze ging op haar eigen handdoek zitten en haalde een blikje cola uit haar tas. 'Joy speelt weer met Melanie,' vertelde ze Andries.

Hij knikte. 'Ik weet niet wat er net met haar was.'

'Echt niet?' Tabea trok haar wenkbrauwen op.

Hij schudde zijn hoofd.

'Joy wil niet dat jij en ik samen zijn,' zei ze zachtjes.

'Waarom niet?' Hij leek geschokt door deze mededeling.

'Hoe moet ik dat weten? Ze is jouw dochter. Ik denk dat ze me niet mag.' Tabea opende het blikje en nam een slok. Ze keek hem daarbij onderzoekend aan en het werd haar duidelijk dat die gedachte nog niet eerder bij hem was opgekomen. 'Reageert Joy altijd zo als er iemand bij je in de buurt komt?'

Hij haalde zijn schouders op. 'Misschien heb je gelijk. Je bent de eerste vrouw in wie ik sinds de dood van Monique echt geïnteresseerd ben, misschien vindt ze dat een bedreiging.'

Tabea kreeg het weer heel erg warm bij die woorden en begon zelfs een beetje te blozen. Snel veegde ze met haar handdoek een paar druppels water van haar gezicht. Hoewel ze had geprobeerd het te ontkennen, wist ze best dat ze allang verliefd op hem was. Ze had gedacht dat ze nog lang niet aan een nieuwe liefde toe was, maar tot haar eigen verbazing wilde ze bij hem zijn, ook al wist ze best dat ze het risico liep weer heel diep gekwetst te worden. Maar er was een heerlijk gevoel van vertrouwen tussen hen en ze dacht dat het het waard zou kunnen zijn het uit te proberen.

'Hallo, Andries.' Plotseling stond er een mooie vrouw met rode lange haren en een supersexy zwart badpak bij hen op het kleed. Tabea had haar niet eens zien aankomen en het was alsof ze uit het niets was verschenen. De vrouw ging, zonder uitnodiging, tegenover Andries zitten.

'Hallo, Anneke.' Andries glimlachte naar haar. 'Hoe is het?'

'Prima, ik ben blij dat we zulk mooi weer hebben tijdens de vakantie. Ik denk dat ik met regen tegen het plafond zou vliegen.' De vrouw lachte verleidelijk en Tabea vond dat ze er niet uitzag als iemand die snel tegen het plafond zou vliegen. Als terloops had ze een hand op het been van Andries gelegd, Andries deed alsof hij het niet merkte.

Tabea keek naar hem, misschien had hij het nog helemaal niet gemerkt.

'Ik wilde je iets vragen,' ging Anneke verder en even keek ze naar Tabea alsof ze haar nu voor het eerst opmerkte.

Tabea glimlachte naar haar, maar de glimlach werd niet beantwoord. Nog iemand die haar als een bedreiging beschouwde.

'Vind je het goed als Joy vannacht bij Melanie en mij blijft slapen? Die twee hebben het daar al weken over.'

Andries lachte even, alsof hij wist dat zijn dochter en haar vriendinnetje die plannen hadden gemaakt. 'Natuurlijk vind ik dat goed. Dan kan Melanie als we weer terug zijn uit Zweden ook wel een keer bij ons komen.'

'Oké, prima.' Anneke glimlachte weer en Tabea kreeg echt een hekel aan die vrouw. Nooit in haar leven was ze zo jaloers geweest. Niet eens toen ze net ontdekt had dat Erik echt een ander had.

'Als je zin hebt, kunnen jij en Jonas ook bij Melanie en mij komen eten vanavond,' ging Anneke verder en het verbaasde Tabea dat ze hem niet meteen uitnodigde ook maar te blijven slapen, als hij er dan toch was. Uit de woorden van Anneke begreep ze dat ze alleen met Melanie was. De blik in haar ogen en de manier waarop ze Andries het uitzicht op het decolleté van haar badpak bood, maakten nogal duidelijk dat ze hem wel zag zitten.

'Nee, dank je. Ik breng dan Joy straks naar jou toe. Ik heb al andere plannen voor vanavond,' zei Andries en Tabea was buitengewoon opgelucht dat hij dat etentje afsloeg.

'Jammer, een andere keer dan.' Langzaam en met duidelijke tegenzin haalde ze haar hand van zijn been. Andries stemde niet toe, maar glimlachte alleen.

'Dan zie ik je vanavond als je Joy komt brengen nog wel even. Een uur of vijf, goed?' Anneke stond weer op.

'Ja, tot dan.' Andries keek haar niet eens na toen ze verdween. Tot Tabea's verbazing richtte hij meteen weer zijn aandacht op haar. 'Kom je vanavond bij Jonas en mij eten?'

'Ik dacht dat je plannen had?' Ze begreep hem niet helemaal, ze leek verwarder te zijn door Anneke's verschijnen dan hij.

'Ik was van plan om jou te vragen of je komt eten.' Andries grinnikte. 'We zouden iets bij de Chinees kunnen gaan halen.'

Het klonk heerlijk. 'Ja, ik kom graag bij je eten.' Het maakte haar gelukkig dat hij een afspraak bij die Anneke afsloeg, omdat hij met haar samen wilde zijn.

'Joy en Melanie zijn duidelijk hele goede vriendinnen,' zei ze, ook omdat ze nieuwsgierig was naar de moeder van Melanie.

'Vanaf het moment dat ze elkaar leerden kennen.' Andries keek even naar het strandje, waar de meisjes nog steeds aan het spelen waren. Joy kiepte net een emmer water in een gat leeg. 'Joy is niet erg makkelijk en ik ben blij dat ze een vriendinnetje gevonden heeft. Melanie is een leuk meisje.'

'En Anneke?' vroeg ze. Het liefst had ze haar tong afgebeten.

'De moeder van Melanie.' Andries keek haar onderzoekend aan en ze zag een geamuseerde glimlach om zijn lippen verschijnen, alsof hij ineens door had wat er in haar omging. 'Meer niet.'

'Hoe laat zal ik vanavond bij je zijn?' probeerde ze van onderwerp te veranderen.

Hij antwoordde niet en hield ook niet op met glimlachen. Heel langzaam streelde hij haar arm.

'Andries?' Ze slikte een keer. Haar hart was inmiddels weer op hol geslagen. Het leek alsof ze zijn aanraking in haar hele lichaam kon voelen.

'Ben je van plan om al naar huis te gaan?' vroeg hij zachtjes.

Ze schudde snel haar hoofd.

'Dan zien we wel hoe het gaat lopen.'

Hoofdstuk 5

Verbaasd stond Tabea een paar uur later naar het huis te kijken waar Andries woonde. Het was nieuw en zag er van de buitenkant uit als een boerderijtje. Het gaf haar het heerlijke gevoel thuis te komen, zoals nog nooit eerder een huis had gedaan. Toch wel een beetje nerveus liep ze over het grindtegelpad naar de witte voordeur met vierkante raampjes en belde aan. Ze hoopte dat hij thuis was en niet toch nog bij Anneke was gebleven.

Haar angst was ongegrond, want al snel deed Andries de deur open en glimlachte stralend naar haar. 'Heerlijk dat je er bent, kom binnen.'

Hij had de deur nog niet achter haar gesloten of hij trok haar in zijn armen om haar te kussen. Het duurde niet lang voor ze haar armen om zijn middel sloeg, zijn kus beantwoordde en zich nog dichter tegen hem aandrukte. De hele dag had ze naar een kus als deze verlangd.

'Tea!' Het was Jonas die hen weer in de realiteit terugbracht. Hij was de gang binnengekomen en duwde tegen Tabea's benen.

'Gered door het kind,' fluisterde Andries, voor hij een stap achteruit deed.

Tabea wist niet of ze wel zo blij was met deze redding. Ze kon haar ogen niet van Andries' verschijning losmaken. Hij droeg een spijkerbroek met een lichtblauw T-shirt: de kleur van zijn ogen, stelde ze vast. Het stond hem perfect en ze was niet in staat een woord uit te brengen.

'Tea?'

Tabea was Jonas al bijna weer vergeten en het was maar goed dat hij zich weer ongeduldig meldde. Ze had op het punt gestaan om zich weer in de armen van Andries te storten.

'Hallo Jonas,' waren de allereerste woorden die ze sinds haar binnenkomst zei en ze boog zich naar het kind toe om hem van de grond te tillen. Hij sloeg zijn armpjes stevig om haar heen en drukte een smakkende kus op haar wang.

'Het moet je wel duidelijk zijn dat de Tilborg-mannen van je houden,' zei Andries lachend, nadat hij een arm om haar schouders had geslagen en haar verder het huis in leidde.

Dat *"houden van"* verwarde Tabea nogal, dat kon toch niet? Ze kenden elkaar nog maar net. Hoe kon hij nu al over *"houden van"* beginnen? Misschien was hij gewoon nogal makkelijk in het zeggen van dat soort dingen en had hij het ook zo luchtig bedoeld als het had geklonken. Dat ze aan zichzelf had toegegeven dat ze verliefd op hem was, betekende toch niet meteen dat ze ook van hem hield? Ze zuchtte een keer diep en besloot het als *"luchtig gezegd"* op te vatten.

Ze kwamen in een ruime woonkamer, waar het een en ander aan speelgoed lag, er stond een hamsterkooi op een tafeltje en uit de radio klonken kinderliedjes. Tabea vond het heerlijk om vast te stellen dat, hoewel de inrichting van het huis vrij modern was, Andries zijn kinderen veel ruimte gaf. In de eetkamer was de tafel gedekt, er stond zelfs een kaars in het midden, naast een vaas met hele mooie zomerbloemen.

'Dat zijn jouw bloemen. Jonas en ik hebben ze net voor je gekocht en Jonas wilde ze meteen uitpakken en neerzetten.' Andries glimlachte. 'Hij heeft ze ook voor je uitgezocht.'

'Dank jullie wel,' fluisterde ze, ze was ontroerd door de aandacht die Andries en Jonas aan haar schonken. 'Ze zijn erg mooi.'

'Wil je misschien iets drinken?' vroeg Andries haar, hij was naar de stereotoren gelopen en zette de radio zachtjes aan. 'We kunnen meteen eten. Jonas en ik zijn net terug van het halen. Ik geef toe, erg origineel is het niet, maar als het ooit weer minder warm gaat worden, zal ik wel voor je koken.'

'Heb je witte wijn?' Met Jonas nog steeds in haar armen ging ze aan tafel zitten en ze stelde vast dat ze zich in het huis van Andries helemaal op haar gemak voelde. Het zou er ook lekker koel zijn geweest als ze het niet zo warm had door Andries' aanwezigheid.

'Natuurlijk, ik haal het even.' Toen hij langs haar heen liep, streelde hij zachtjes haar nek en Tabea hield een paar seconden haar adem in. In de keuken hoorde ze hem bezig en ze riep zichzelf tot de orde. Ze gedroeg zich als een tiener die voor het eerst een vriendje had.

Jonas brabbelde wat tegen haar en ze verstond geen woord van wat hij zei, toch luisterde ze aandachtig naar hem. Zijn blauwe ogen straalden en ze drukte hem automatisch dichter tegen zich aan.

Andries kwam uit de keuken en zette het glas wijn voor haar op tafel. 'Jonas, zullen we eens gaan eten?' vroeg hij om de aandacht van het kind te trekken. Jonas knikte heftig en Andries tilde hem van Tabea's schoot in zijn kinderstoel.

'Heb je tegen Joy gezegd dat ik zou komen?' vroeg ze hem zachtjes.

Hij schudde zijn hoofd. 'Ze was er zo vol van dat ze bij Melanie mocht blijven slapen dat het daar helemaal niet van gekomen is. Ik heb het haar niet expres verzwegen.' Hij schepte rijst op haar bord en glimlachte wat onzeker naar haar.

'Wat een heerlijk huis heb je,' zei ze een uurtje later, nadat ze Jonas naar bed hadden gebracht en hij haar een rondleiding had gegeven.

'Dit huis heb ik samen met Monique ontworpen.' Hij leidde haar via de schuifpui het terras op. 'Dit was haar droomhuis,' zei hij terwijl hij zijn armen om haar heen sloeg.

'Het is heel erg mooi,' zei ze met een brok in haar keel. Ze herinnerde zich Monique op een verjaardagsfeestje, ze waren beiden verkleed geweest in dezelfde prinsessenjurk, omdat ze eruit hadden willen zien als zusjes. Ook herinnerde ze zich ineens, dat Monique altijd precies had geweten wat ze wilde. Als klein meisje al.

Andries haalde zijn schouders op. 'Wat maakt dat uit, ze heeft het nooit af gezien. We hebben altijd in een kleine flat gewoond.'

'Waren jullie gelukkig?'

'Ja, we waren gelukkig,' gaf hij toe en er verscheen even een glimlach om zijn lippen.

'Daar ben ik blij om.' Ze had verwacht dat hij haar los zou laten, nu ze het over Monique hadden, maar dat deed hij niet.

'Vind je het vervelend om hier, bij mij, te zijn?' vroeg hij haar zachtjes.

Ze haalde diep adem. 'Vervelend niet, een beetje vreemd. Ik kan me haar hier zo goed voorstellen dat het is alsof ze elk moment tevoorschijn kan komen.'

'Dat komt ze niet, Tabea.' Andries draaide haar naar zich toe. 'Je kunt je niet voorstellen hoe vaak ik gehoopt heb dat ze terugkomt.'

Waarschijnlijk kon ze zich dat inderdaad niet. Het moest heel erg zijn om iemand te verliezen van wie je zielsveel hield. Ze was Erik kwijtgeraakt, maar dat was heel iets anders dan wat Andries had meegemaakt. Zelfs de dood van Ray was heel anders geweest en ook dat had haar helemaal uit de baan geworpen.

'Tabea, je bent hier vast niet om over Monique te praten.' Hij streelde haar wang. 'Eerlijk gezegd was dat niet de reden dat ik je heb uitgenodigd vanavond.'

'Ik vind het niet erg. Misschien moesten we dat gewoon doen vanavond, misschien moeten we het gewoon over Monique hebben. Het is trouwens verbazingwekkend hoeveel ik me plotseling weer kan herinneren van onze schooltijd, van de tijd die ik met Monique heb doorgebracht. We waren onafscheidelijk en toen ze ging verhuizen was dat vreselijk. Natuurlijk hadden we beloofd veel te schrijven, maar dat verwaterde na een stuk of vijf, zes brieven.' Tabea slaakte een zucht.

'Die brieven heb ik gezien,' zei hij tot haar verbazing. Hij maakte de afstand tussen hen iets groter. 'We kunnen net zo goed gaan zitten.'

Tabea knikte, liep naar de witte schommelbank en liet zich op het geel met witte kussen zakken. Andries nam naast haar plaats en Tabea stelde vast dat zo'n bank net zo romantisch was als ze het zich wel eens had voorgesteld.

Die avond spraken ze veel over Monique en tot haar eigen verbazing was ze niet jaloers als hij over haar en hun huwelijk vertelde. Hoe kon ze ook jaloers zijn op iets wat niet meer bestond? Wat op zo'n wrede manier had opgehouden te bestaan?

'Wat ik je al eerder heb gezegd is waar, Tabea. Ik heb veel van Monique gehouden.' Hij keek haar aan. 'Maar ik moet en wil ook verder met mijn eigen leven. Ik ben lang genoeg doodongelukkig en boos geweest omdat ze me met de kinderen alleen liet. Voor jou voel ik iets wat ik niet verwacht had ooit nog te zullen voelen. Ik hoop dat je er geen spijt van hebt te zijn gekomen.'

'Nee, dat heb ik niet.' Het was allang tijd om naar huis te gaan, maar het was zo heerlijk in zijn armen. Het liefst was ze gewoon bij hem gebleven. 'Andries, ik ga naar huis,' zei ze echter toch.

Hij knikte langzaam en drukte haar nog heel even dicht tegen zich aan, daarna stond hij op en hielp haar uit de bank. Voor ze weg was, duurde het toch nog even, ten eerste omdat zij niet bij hem weg wilde en ten tweede omdat hij haar ook niet weg wilde laten gaan en haar iedere keer weer opnieuw in zijn armen trok.

De volgende ochtend stopte een auto van de plaatselijke bloe-
mist voor de deur en nadat de bel was gegaan, deed Tabea
nieuwsgierig open. De jonge bezorger overhandigde haar een
enorme bos gekleurde rozen.

Natuurlijk wist ze dat ze van Andries waren, want er was niemand
anders in haar leven van wie ze bloemen wilde hebben. Nog nooit
eerder had ze zo'n schitterende bos gekregen. Er zat een briefje
in een envelop en een beetje zenuwachtig opende ze het.

*"Liefste Tabea, bedankt dat je gisteren bij me was en we zo
heerlijk hebben kunnen praten. Ik hoop dat we met dat gesprek
ook het verleden achter ons kunnen laten en misschien samen
verder kunnen. Ik hoop dat jij er ook zo over denkt. Je bent geen
moment meer uit mijn gedachten en ik verlang ernaar weer bij
je te zijn.*

Liefs, Andries"

Zoals het er uitzag, voelde hij zich niet veel anders dan zij. Sinds
ze hem kende dacht ze ook aan niets of niemand anders meer en
na de vorige avond dacht ze dat het misschien meer kon zijn dan
een leuke verliefdheid. Het was verbazingwekkend voor iemand
die zich had voorgenomen nooit meer verliefd te worden, dat
het dan toch zo snel kon gaan. Hoewel: zo verliefd als ze nu op
Andries was, was ze op Erik nooit geweest. In ieder geval kon
ze het zich niet herinneren. Andries behandelde haar anders. Hij
liet merken dat hij haar leuk vond, dat hij graag bij haar was. Met
Erik had ze natuurlijk ook gedacht dat het altijd leuk zou blijven,
maar met hem was ze niet in staat geweest urenlang alleen maar
te praten over van alles en nog wat. Bij Erik was ze niet eens
op het idee gekomen hem te vertellen wat ze Andries allemaal
al had verteld. Andries wist in die drie dagen al heel wat meer

van haar dan Erik in die vier jaar had geweten. Alleen omdat Andries haar het gevoel wist te geven dat hij zich echt voor haar interesseerde.

De daaropvolgende dagen zagen ze elkaar bijna iedere dag in het zwembad en meestal aten ze ook gezamenlijk. Helaas hadden ze niet veel tijd voor hen samen. Ook omdat Joy hen dat niet toestond. Ze deed steeds nogal vijandig, wel deed ze haar best het haar vader niet te laten merken. Tabea ging ervan uit dat het meisje wel bij zou trekken na verloop van tijd en tot dan toe hield ze het best vol. Ze was echt stapelverliefd op hem en als ze dan toch een poosje samen waren maakte hij Joys gedrag ruimschoots goed.

Hoofdstuk 6

'Ik zou het liefst thuisblijven, bij jou.' Andries trok haar de avond voor zijn vertrek naar Zweden in zijn armen. Ze waren met zijn vieren uit eten geweest en Tabea was nog even gebleven, nadat Andries de kinderen naar bed had gebracht. Joy had heel lang tegengesputterd, maar uiteindelijk was ze toch gegaan. 'Ik heb zelfs overwogen om de kinderen met mijn ouders mee te sturen en zelf hier te blijven. Maar dat is toch niet zo'n goed idee.' Hij haalde zijn schouders op. 'Je kunt ook met ons mee gaan.'

'Dat is net zomin een goed idee. Wat denk je dat Joy gaat zeggen en wat gaan je ouders er dan van denken? Het is maar een weekje.' Ze slikte een keer moeilijk toen ze het zei. 'Zweden is vast heel erg leuk.'

Andries knikte bedenkelijk. 'Ik zal je vreselijk missen.'

'Ik jou ook.' Met een zucht stond ze op. Het was beter wanneer ze meteen ging.

'Ik kom weer naar je terug,' zei hij zachtjes, terwijl hij achter haar aan liep. 'De tijd zal omvliegen.'

'Dat kan ik me op dit moment slecht voorstellen.' Tot haar ergernis kreeg ze zelfs tranen in haar ogen. 'Dit is belachelijk. Ik denk dat ik naar huis ga, want dit slaat echt nergens op.' Ze glimlachte door haar tranen heen. 'Volgende week ben je er weer.'

'Reken daar maar op.' Hij veegde de tranen van haar wangen en kuste haar.

'Word alsjeblieft niet verliefd op één of andere mooie blondine,' zei ze na een poosje een beetje ademloos.

'Daarover hoef je je helemaal geen zorgen te maken. Ze zullen me er daar alleen maar aan herinneren dat de mooiste blondine in Nederland is,' zei hij ernstig. 'Ik zal in Zweden alleen maar aan jou kunnen denken.'

'Veel plezier dan.' Om zijn laatste opmerking moest ze toch wel weer lachen. 'Tot volgende week.' Ze maakte zich uit zijn armen los, draaide zich om en liep zijn huis uit voor ze niet meer in staat zou zijn weg te lopen. Ze moesten niet vergeten dat Joy thuis was en dat ze ieder moment weer in de kamer zou kunnen staan, iets wat ze regelmatig deed als zij er was.

Die nacht sliep ze amper. Een week zou ze hem niet zien. Een eeuwigheid zou hij haar niet in zijn armen nemen. Ze kende hem vandaag precies een week, hoe kon het dan dat de komende week zo eenzaam leek te gaan worden?
Wat moest ze in vredesnaam alleen thuis doen? Ze kon niet even naar hem toe gaan of met hem en de kinderen naar het zwembad. Meteen de volgende ochtend besloot ze naar het uitzendbureau te gaan om te vragen of ze daar misschien voor een weekje werk hadden. Dan zou ze zich misschien niet vervelen en zich dood-verlangen naar Andries. Vakantie kon ze weer nemen als hij er weer was. Dan had het tenminste zin. Haar leven was helemaal op zijn kop komen te staan, maar om eerlijk te zijn vond ze het heerlijk.

'Ik vier dit weekend mijn verjaardag, ik zou het leuk vinden als je langs komt met de kinderen,' sprak ze zachtjes in de telefoon tegen Andries. Ze had het willen zeggen voor hij naar Zweden was vertrokken, maar op de een of andere manier was dat erbij ingeschoten. Ze was blij dat hij belde. Iedere avond had ze gehoopt iets van hem te horen, hij had haar niet verteld waar ze hem eventueel zou kunnen bereiken. Misschien maar goed ook: ze miste hem zo vreselijk dat ze hem waarschijnlijk een keer of vier per dag zou bellen.
'Ik denk wel dat we langskomen,' hoorde ze hem zeggen en

ergens klonk hij niet heel erg enthousiast. De verbinding kraakte nogal, misschien lag het daaraan.

'Gaat alles goed met je? Hebben jullie een leuke vakantie?'

'Ja, het gaat hier prima. Het is erg gezellig.' Er viel een korte stilte en Tabea wist niet wat ze moest zeggen om die te doorbreken. Ze had verwacht dat hij nog wel iets over de vakantie zou vertellen. Er klonk wat kabaal op de achtergrond.

'Tabea, ik moet ophangen, de kinderen maken ruzie. Ik zie je dan zaterdag, oké?'

'Ja, natuurlijk. Fijne vakantie nog,' wist ze nog net te zeggen voor ze de klik hoorde die de verbinding verbrak.

Het telefoontje had haar nogal nerveus gemaakt en ze kon eigenlijk niet wachten tot ze hem in het weekend weer zou zien. Eigenlijk had ze geen zin om haar verjaardag groot te vieren maar ze had toch wat familie, collega's en vrienden uitgenodigd. Min of meer omdat dat werd verwacht. Het meest verlangde ze ernaar Andries weer te zien. Ze wilde weten of wat ze voor zijn vakantie hadden gehad echt was geweest. Ze wist zeker dat ze nog verliefd op hem was en voor hij op vakantie was gegaan was ze ervan overtuigd geweest dat hij haar wel zag zitten. Nu wist ze het even niet meer. Het telefoontje was wat koeltjes verlopen en dat was een beetje vreemd geweest voor de relatie die ze hadden. Daar was nog niet veel koeltjes verlopen. Behalve de reacties van Joy misschien.

Eindelijk was ze dan jarig. Ze had naar die dag uitgekeken als een kind. Niet vanwege haar verjaardag, maar omdat ze Andries eindelijk weer zou zien en Jonas en Joy. Ze hoopte dat hij een beetje vroeg zou komen zodat ze nog wat tijd voor elkaar zouden hebben. Ze zag zijn auto de straat inrijden en een beetje ongeduldig wachtte ze tot de bel ging. Nadat ze een keer diep adem had gehaald opende ze de deur voor hem en Jonas. Andries glimlachte adembenemend naar haar en op slag waren al haar zorgen over wat hij wel of niet voor haar voelde verdwenen.

'Hallo Tabea.'

'Hallo.' Het klonk als een zucht.

'Tea.' Jonas stak zijn handjes naar haar uit en ze tilde hem in haar armen. Ze had niet alleen Andries gemist.

'Hallo Jonas.' Ze drukte een kusje in zijn haren. 'Is Joy er niet?' Ze keek Andries vragend aan.

'Ze wilde niet mee,' antwoordde hij op een toon die verried dat hij het niet met zijn dochter eens geweest was. 'Ze is bij Melanie, ze blijft daar ook overnachten.'

'Jammer.' Tot haar eigen verbazing meende ze het echt en ze verdrong de gedachte aan de moeder van Melanie. Jonas worstelde zich weer los en ze zette het kind op de grond.

'Ben je boos op Joy?' vroeg ze.

'Nu niet meer.' Hij glimlachte verleidelijk. 'Kom eens hier.' Hij trok haar in zijn armen om haar te kussen. 'Gefeliciteerd met je verjaardag, liefste,' fluisterde hij, voor hij aan een volgende kus begon.

'Tabea? Oh sorry,' hoorde ze haar moeder plotseling zeggen. Toch wel een beetje geschrokken liet ze Andries los. Haar moeder was net zo snel weer verdwenen als ze de hal binnen was gekomen.

'Maar goed dat er verder nog niemand anders is dan mijn moeder.' Tabea glimlachte een beetje opgelaten. 'Ik heb haar al van je verteld.'

'Dan heeft ze in ieder geval niet de schrik van haar leven gekregen.' Andries streelde teder haar wang. 'Ik denk dat Jonas naar binnen gegaan is.'

Tabea knikte. 'Laten we maar eens gaan kijken of hij Tweetie al heeft losgelaten.'

'Mam, dit is Andries,' stelde ze hem niet veel later aan haar moeder voor.

'Dat vermoedde ik al.' Haar moeder glimlachte vriendelijk naar hem. 'Ik ben Pia Rensenbrink. Ik neem aan dat die kleine schat daar Jonas is?' Ze keek naar Jonas, die op zijn knieën voor de parkietenkooi zat.

Andries knikte. 'Ja, ik had mijn dochter Joy ook nog mee willen nemen maar ze wilde liever naar een vriendinnetje.'

'Dat is vast leuker voor haar dan een verjaardag met mensen die ze niet kent,' knikte haar moeder begrijpend.

Tabea merkte meteen dat haar moeder en Andries het goed met elkaar konden vinden. Dat was best een opluchting. Tegenover Erik had haar moeder zich veel gereserveerder opgesteld. Daar was in die jaren die ze met hem samen was geweest weinig verandering in gekomen.

Ook met haar andere gasten kon Andries het goed vinden en iedereen behandelde hem alsof hij er al jaren bij hoorde en natuurlijk stal Jonas de show. Nadat hij bij zijn vader op schoot in slaap gevallen was, legde Andries hem in Tabea's bed, waardoor hij langer kon blijven.

'Ik heb nooit geweten dat een week zo lang kon duren.' Nadat ze haar laatste gast had uitgezwaaid, ging ze naast hem op de bank zitten.

'Je hebt me dus toch wel een beetje gemist?' Hij sloeg zijn armen om haar heen en trok haar dicht tegen zich aan.

'Ja, natuurlijk heb ik je gemist. Wat had je dan gedacht?' Ze glimlachte naar hem en het viel haar op dat hij behoorlijk ernstig keek.

'Ik was er alleen een beetje bang voor dat je in de tijd dat ik weg was had bedacht dat het niet zo'n goed idee was om iets met mij te beginnen.' Hij glimlachte wat onzeker en Tabea haalde opgelucht adem.

'Ik was een beetje van slag na ons telefoontje. Het liep zo stroef en koel.' Ze haalde diep adem terwijl ze nog dichter tegen hem aan kroop.

'Dat spijt me. Dat telefoontje ging echt tussen van alles door. Ik had ook wat problemen gehad met Joy, omdat ze voortdurend Jonas zat te pesten. We stonden ook nog op het punt om weg te gaan.' Hij liet zijn hand teder door haar haren gaan. 'Nu ik weer bij je ben, twijfel ik niet meer, maar in Zweden vroeg ik me af of je echt was geweest.'

'Ik ben echt, Andries, en ik ben net zo blij als jij dat jullie er weer zijn.'

Hoofdstuk 7

'Heb je zin om een weekend met mij door te brengen? Helemaal alleen, wij samen.' Andries keek Tabea stralend aan en haar hart begon wild te kloppen.

'Natuurlijk.' Ze omarmde hem en drukte haar lippen op de zijne, ze wilde niets liever dan bij hem zijn.

'Mijn ouders willen een weekendje op de kinderen passen en dan hebben we echt eens tijd voor elkaar.' Hij streelde haar haren.

'Dat klinkt fantastisch,' stemde Tabea in. Sinds ze hem kende hadden ze nog niet veel tijd echt helemaal samen door kunnen brengen. Wel zagen ze elkaar regelmatig, meestal waren de kinderen erbij of hij kwam langs in haar pauze, als Joy bij een vriendinnetje was. Wat Joy betrof was er niet veel veranderd, ze maakte nog steeds grote problemen. Ze had iets tegen haar en wat ze ook probeerde, in de ogen van het meisje leek ze niets goed te kunnen doen. Toch wilde ze Andries niet opgeven omdat Joy dat graag wilde. Ze hoopte dat het kind haar uiteindelijk een kans zou geven.

Eindelijk was het dan zover, Andries zou het weekend bij haar blijven. Tabea had ernaar uitgekeken alsof ze nog nooit eerder een weekend met iemand had doorgebracht.

Met een grote bos bloemen stond hij voor haar deur en ze viel hem nogal uitgehongerd in zijn armen. De bos bloemen wierp hij achteloos op de tafel, en de kus die daarop volgde, liet haar alles om zich heen vergeten.

De telefoon ging en Tabea schrok daar erg van. Hoewel ze het probeerde, lukte het haar niet het ding te laten bellen en ook Andries was niet meer helemaal met zijn gedachten alleen maar bij haar. 'Andries, ik ga toch opnemen.'

Hij knikte spijtig en gaf haar een korte kus voor hij haar losliet zodat ze de telefoon van het station kon pakken.

'Hallo Tabea,' klonk een haar onbekende vrouwenstem door de telefoon. 'Het spijt me dat ik jullie moet storen, maar je spreekt met Maria Tilborg. Andries heeft me verteld dat hij bij jou te bereiken is. Is hij er? Nee, ik weet dat hij er is. Kan ik hem even spreken?' De vrouw klonk een beetje nerveus.

'Ja, hij is hier. Momentje.' Ze overhandigde Andries de telefoon meteen. Dat was het dan, hun heerlijke weekend samen was afgelopen nog voor het echt begonnen was. Ook zonder dat zijn moeder haar de details had verteld wist ze dat het voorlopig voorbij was. Joy was vast en zeker op een idee gekomen waardoor ze hun samenzijn kon bederven.

'Wat?' reageerde Andries nogal heftig. 'En je weet heel erg zeker dat ze zich niet aanstelt?'

Tabea kreeg haar vermoedens nu ook bevestigd. Andries zou naar huis gaan, naar zijn kinderen. Ze raapte haar T-shirt van de grond en trok het weer aan.

'Dit geloof ik niet,' riep Andries bijna uit nadat hij de telefoon had neergelegd. 'Joy schijnt helemaal overstuur te zijn. Ze zegt dat ze buikpijn heeft, ze heeft zelfs overgegeven.'

'Dat kan toch waar zijn.' Tabea haalde teleurgesteld haar schouders op. 'Ga naar haar toe, we krijgen vast wel eens de kans om samen te zijn.'

'Het spijt me.' Hij trok haar in zijn armen. 'Ik had me zo op dit weekend verheugd.' Hij keek in haar ogen en het volgende moment waren zijn lippen weer op de hare.

Tabea kon niet anders dan zich nog heel even dichter tegen hem aandrukken, ze verlangde nog steeds naar hem. 'Je kunt beter gaan, voor het hier nog uit de hand loopt en Joy nog meer problemen gaat veroorzaken,' fluisterde ze.

Ze overhandigde hem zijn shirt en hij trok het aan, daarna liep hij weer naar haar toe en trok haar in zijn armen. 'Tabea, ik hou van je,' fluisterde hij haar in haar oor.

'Dat hoef je niet te zeggen.' Ze keek hem aan en er sprongen tranen in haar ogen. Het was de eerste keer dat hij het zo tegen haar zei, toch wist ze nu dat hij het, toen ze bij hem en Jonas was wezen eten, ook al had gemeend. Hij had het niet gezegd omdat hij dat gemakkelijk zei.

'Ik meen het, Tabea, dat weet ik al een paar weken en ik hoop dat je me nu niet meteen nooit meer wilt zien.' Hij zuchtte.

Ze knuffelde hem nog even stevig. 'Ik hou ook van jou, Andries. Zelfs als ik het zou willen, zou ik nog niet in staat zijn je weg te sturen.' Nog nooit eerder was iets zo waar geweest.

'Ik bel je zo snel mogelijk op, vanavond nog.' Hij drukte kleine kusjes in haar hals.

'Ja,' was alles wat ze nog kon zeggen.

Niet veel later liep hij de deur uit. Ze rilde toen ze zijn auto hoorde starten en wegrijden; ze had het plotseling ijskoud. Joy had het weer voor elkaar gekregen.

Ze besloot nu toch goed voor de mooie bloemen te zorgen, zodat het die in ieder geval beter zou gaan.

Het was al half twaalf geweest toen eindelijk de telefoon ging. Snel nam ze op.

'Is alles goed met Joy?' vroeg ze hem meteen.

'Ja, het gaat wel weer,' zei hij zachtjes. 'Ik heb de kinderen weer mee naar huis genomen.'

'Ik dacht dat je Joy niet had gezegd dat we samen zouden zijn?' zei ze toch een beetje verwijtend.

'Dat had ik ook niet. Mijn moeder heeft zich versproken.' Andries zuchtte aan de andere kant van de lijn. 'Het spijt haar echt heel erg.'

'Wat zei Joy?' Wat zijn moeder vond, kon haar op het moment weinig schelen.

'Eigenlijk niets, ze deed heel zielig en ze houdt nog steeds vol dat ze buikpijn heeft. Lieveling, het spijt me dat het zo is gelopen. Verdorie, ik wilde dat ik nu bij je kon zijn.'

'Het is al goed, Andries, we krijgen vast nog wel eens een kans,' zei ze dapper, terwijl ze zich afvroeg wanneer. Joy zou haar vader wel helemaal nooit meer uit het oog verliezen, nu ze wist dat hij inderdaad bij haar was geweest.

'Die krijgen we echt nog wel eens,' hoorde ze Andries vastbesloten zeggen.

'Dat hoop ik dan maar.' Ze besloot haar slechte humeur te verdringen. Hij gaf om haar en ze hoefde niet jaloers te zijn op zijn dochter. Het was vast erg moeilijk om je vader met een nieuwe vriendin te zien.

Dat ze bijna een uur met elkaar aan de telefoon zaten, kon echter niet goedmaken dat hun weekend in het honderd was gelopen.

Er gingen een paar weken voorbij en er veranderde niets in Joys vijandigheid naar Tabea. Er waren momenten dat ze niet meer wist of het nog wel zin had. Zeker niet nadat Joy was begonnen Jonas bij haar uit de buurt te houden. Iedere keer als Jonas naar haar toe kwam, zorgde Joy er wel voor dat ze hem afleidde, zodat hij haar weer vergat. Andries wist haar er altijd weer van te overtuigen dat ze hen nog een kans moest geven. Hij was erg goed in overtuigingswerk.

'Tabea, het is mijn leven en ik wil jou er graag bij hebben,' zei Andries zachtjes. 'Als ik zin heb om jou uit te nodigen voor een etentje of wat dan ook, dan moet ik dat zelf weten.'

'Maar Joy...'

'Joy heeft me beloofd zich netjes tegen je te gedragen,' onderbrak hij haar. 'Kom vanavond langs, ik wil je graag zien.'

'Ik kom.' Ze kon de toon in zijn stem niet negeren, hij verlangde er echt naar haar te zien. 'Als ze problemen maakt, ga ik meteen weer.'

'Ze maakt geen problemen,' zei hij vastbesloten en Tabea hoopte dat hij gelijk zou krijgen.

In zoverre kreeg hij gelijk dat Joy niet openlijk vijandig tegen haar deed, ze was erg geraffineerd. Als Andries in de buurt was, deed ze redelijk normaal, maar zodra Andries niet op haar lette of uit de kamer was verdwenen, zeiden haar blikken alles.

'Ik weet nog steeds niet of ik je ouders wil ontmoeten,' zei ze zachtjes, nadat Andries haar min of meer had overgehaald langs te komen om met zijn ouders kennis te maken. 'Misschien reageren ze op dezelfde manier als Joy.' Ze wist niet of ze nog meer afwijzing wilde verdragen. Want hoewel ze voor Andries haar best deed, braken Joys reacties langzaam haar hart.

'Natuurlijk doen ze dat niet.' Andries trok haar in zijn armen. 'Ze vinden het leuk dat ik iemand heb gevonden met wie ik graag samen ben.'

'Echt?' Bij Joy had hij ook pas gemerkt dat ze niets van haar moest weten toen zij het hem gezegd had. Waarom zou dat bij zijn ouders anders zijn?

'Echt.' Hij kuste haar teder. 'Maak je geen zorgen, ze zijn erg nieuwsgierig naar je.'

Het volgende moment ging de deurbel. Joy kwam de trap afgerend, maar Andries was eerder bij de voordeur. Tabea luisterde nerveus naar de vrolijke stemmen in de gang, ze kon echter geen woord verstaan van wat er werd gezegd.

Het eerste wat haar opviel toen zijn ouders binnenkwamen, was de gelijkenis tussen Andries en zijn moeder. Die glimlachte naar Tabea en er ging een gevoel van opluchting door haar heen. Ze kwam naar haar toe gelopen en gaf haar een hand. 'Hallo, Tabea. Ik heb al veel over je gehoord, ik ben Maria.'

'Hallo,' zei ook Tabea, het was niet zo dat de zenuwen meteen verdwenen waren, maar het ging al een stuk beter met haar.

'Ik wil niet dat je denkt dat ik je ook bij Andries weg wil hebben,' zei Maria zachtjes. 'Het was echt niet mijn bedoeling om jullie weekend te bederven door het Joy te vertellen. Daarvoor wilde ik me ook nog bij jou verontschuldigen.' Ze glimlachte schuldbewust. 'Andries heeft verteld dat je je wat zorgen maakte over ons. Dat is nergens voor nodig, want wij willen hem graag weer gelukkig zien. Geef het nog niet op.'

Jonas kwam naar Tabea toegelopen en hij strekte zijn handjes naar haar uit, ze tilde hem op en knuffelde hem. Joy was veel te druk met haar opa bezig om het te kunnen vermijden.

'Maak je geen zorgen, het komt allemaal wel goed tussen Joy en jou.' Maria streelde Jonas' wangetje terwijl ze Tabea aankeek.

Tabea wenste zich dat zij het net zo optimistisch in kon zien. Toch deed het haar heel erg goed dat ze tenminste door zijn ouders werd geaccepteerd, want niet veel later bleek dat ook Rolf niet anders over haar en haar relatie met Andries dacht dan Maria.

'En?' Andries keek haar, nadat zijn ouders weer naar huis waren gegaan, vragend aan. 'Was het zo erg als je het je had voorgesteld?'

Ze schudde haar hoofd. 'Nee, je hebt gelijk gehad, ik vond het gezellig. Je ouders zijn erg aardig.'

Hij zuchtte opgelucht, trok haar naar zich toe en kuste haar teder.

Hoofdstuk 8

'Tabea?' hoorde ze Andries' stem door de telefoon. Meteen was er iets in zijn stem waarvan ze schrok.

'Wat is er?' vroeg ze gehaast.

'Jonas ligt in het ziekenhuis. Hij is door een wesp gestoken en hij reageerde allergisch,' zei Andries snel.

'Oh nee, hoe is het met hem? Zal ik naar je toekomen?' Ze stond op en liep met de telefoon naar de kapstok om haar jas te pakken, terwijl het haar warm en koud tegelijk werd.

'Zou je Joy van school willen halen en op haar willen passen tot ik thuis kom?' vroeg hij en het klonk wat aarzelend.

'Joy?' Ze zuchtte en dacht eraan dat hun relatie in de afgelopen maanden niet veel beter was geworden. 'Denk je dat ze met me meegaat?'

'Ik zal de school bellen en zeggen dat je komt,' zei Andries. 'Ik kom dan zo snel mogelijk naar huis. Ik zal je het telefoonnummer geven waarop ik te bereiken ben. Misschien wil ze wel met me praten en kan ik haar uitleggen wat er aan de hand is.' Hij noemde een nummer en ze schreef het snel op.

'Hoe is het met Jonas?' vroeg ze nog een keer. Het arme kind had al eerder voor zijn leven moeten vechten.

'Ik weet het niet, ik heb nog niet met een dokter gesproken. Ze zijn nog met hem bezig. Alsjeblieft, Tabea, wil je Joy van school halen?' Tabea vermoedde dat hij bijna in tranen was.

'Natuurlijk.' Ze beet op haar lip. 'Maak je over Joy geen zorgen, we gaan naar huis en dan bellen we je op. Andries, ik hou van je,' zei ze nog even.

'Dank je,' zei hij en zijn stem trilde. 'Dat was precies wat ik nodig had.'

'Maak je geen zorgen, het komt wel goed.' Het klonk krachtiger dan ze zich voelde. Ze had wel eens gehoord dat wespensteken dodelijk konden zijn. Jonas was nog zo klein, maar hij had al eens bewezen dat hij kracht had.

Tabea was erg nerveus toen ze naar de school van Joy reed. Behalve dat ze zich grote zorgen om Jonas maakte, zag ze er tegenop tegen Joy te moeten vertellen dat ze met haar mee moest komen. Nog nooit had Joy een positieve reactie op haar gehad en ze was er zeker van dat dat nu niet plotseling anders zou zijn. Tabea voelde zich er ook nogal schuldig over dat ze voor Joy niet hetzelfde kon voelen als ze voor Jonas deed. Ze deed er haar best voor, want ze wilde graag dat Joy haar zou accepteren en in principe was het een lieve meid, behalve niet tegen haar. In de ogen van het kind kon ze nog steeds helemaal niets goed doen.

De school ging net uit en Tabea liep naar het kantoor. 'Meneer Tilborg heeft waarschijnlijk al gebeld om te zeggen dat ik zijn dochter Joy kom ophalen.'

De vrouw die ze had aangesproken knikte en stond op. 'Ik zal met u meelopen. Waarschijnlijk is ze in het lokaal.'

Tabea haalde weer diep adem en liep achter de vrouw aan naar de juf van Joy. Ze spraken even met elkaar en de juf knikte naar haar. 'Kom maar verder.'

Joy was met een vriendinnetje aan het giechelen. 'Joy, je kunt met Tabea meegaan,' vertelde de lerares het kind en toen het meisje haar naam hoorde, bestierf haar lach meteen op haar gezicht. Tabea voelde de moed in haar schoenen zakken.

'Ik ga niet met háár mee!' riep het kind uit. 'Nooit!'

Het werd zo erg als ze het zich had voorgesteld en de juf keek verbaasd naar Tabea.

'Papa heeft gevraagd of ik je wil ophalen. Als we thuiskomen, kunnen we hem opbellen.' Ze bleef in de deuropening staan en ze voelde zich diep gekwetst.

'Papa moet komen, ik ga niet met jou mee!' Joys blauwe ogen leken wel ijs en Tabea stelde weer vast dat ook kleine kinderen al haat konden voelen. Joy haatte haar. Op hetzelfde moment ontdekte ze echter dat zij Joy niet kon haten.

'Papa kan niet komen,' ging ze verder. 'Jonas ligt in het ziekenhuis en papa moet bij hem blijven. Als we thuis zijn, bellen we hem om te vragen hoe het met Jonas is.'

'Nee!'

'Joy, alsjeblieft.'

'Nee! Nee! Nee!' Het kind schudde heftig haar hoofd en Tabea wist nu al niet meer wat ze moest doen.

'Joy, papa heeft hierheen gebeld en gezegd dat je met Tabea mee naar huis moet gaan,' bemoeide de juf zich ermee en Tabea voelde zich enorm opgelaten. Ze wist dat Joy erg gek was op de vrouw en misschien zou ze naar haar luisteren.

'Ik kan wel alleen naar huis, want ik ga niet met haar mee.' Joy rende het lokaal uit.

'Joy!' riepen de drie vrouwen die in het lokaal waren haar na.

De juf ging haar achterna en Tabea was het liefst verdwenen, gewoon weggegaan om dan niets meer met Joy te maken hoeven hebben. Ze schrok van die gedachte en als Andries niet zo belangrijk voor haar was geweest, was ze er op dat moment echt vandoor gegaan. Alleen de gedachte aan hem en de wanhopige klank in zijn stem toen ze hem had gesproken, weerhielden haar ervan.

Tabea liep nu ook achter haar aan. 'Joy, we kunnen papa opbellen, dan kan hij je vertellen waarom hij niet kan komen.'

Het was de juf die Joy uiteindelijk wist over te halen met Andries te telefoneren.

Tabea drukte het nummer dat hij haar had gegeven in en ze kreeg hem zelf meteen aan de lijn. 'Andries, Joy wil met je praten,' zei ze alleen en ze duwde het kind de hoorn in haar handen.

'Papa, ik wil niet met haar mee naar huis,' begon ze meteen te huilen. 'Je moet me komen halen.'

Tabea kon natuurlijk niet horen wat Andries zei, maar het gezicht van Joy betrok nog veel meer. 'Papa, papa!'

Ze duwde de telefoon in Tabea's handen. 'Andries?'

'Kom maar even naar het ziekenhuis, als je wilt. Het spijt me dat het zo moeilijk gaat.' Andries zuchtte diep en Tabea had erg met hem te doen.

'Tot straks dan.' Haar handen trilden toen ze de telefoon aan de juf teruggaf.

'Joy, kom mee. We gaan naar het ziekenhuis,' zei ze resoluut. 'Heb je je spullen?'

Het kind keek haar vijandig aan, maar ze besloot blijkbaar dat het toch beter was om te doen wat Tabea van haar wilde. Wat Andries had gezegd was blijkbaar aangekomen.

'Sterkte,' wenste de juf haar nog.

Dat kon ze gebruiken.

De hele weg verliep in vijandig stilzwijgen. Als Tabea Joy iets vroeg, keek ze snel uit het raam. Tabea besloot het niet meer te proberen, ze moest op het verkeer letten. Ze zette de radio aan, misschien dat ze zich beiden beter zouden voelen. Zelf hoorde ze het ding amper en ze was er zeker van dat Joy zich er ook weinig voor interesseerde. Het was een opluchting toen ze bij het ziekenhuis aankwamen. Joy kwam mee, maar bleef zeker een meter bij haar uit de buurt lopen. Het kon Tabea op dat moment weinig schelen, als ze maar niet weer een scène zou gaan maken.

Andries zag er zo moe en bezorgd uit dat Tabea hem het liefst in haar armen genomen had, maar Joy rende al op hem af en liet zich in zijn armen vangen voor een innige omhelzing. Er bleef voor Tabea niets meer over dan hem een troostende aai over zijn verwarde haren te geven, terwijl Joy haar boos aankeek.

'Hoe is het met Jonas?' vroeg ze, bang voor het antwoord.

'Hij is nog steeds niet helemaal buiten levensgevaar,' zei hij zachtjes. 'Maar het gaat al iets beter.'

'Mag ik naar hem toe?' mengde Joy zich in het gesprek. 'Mag ik naar Jonas toe?'

'Nee, schat,' zei Andries. 'Je mag niet naar hem toe. Het spijt me.'

'Het is allemaal jouw schuld!' riep Joy en Tabea voelde dat alle kleur uit haar gezicht verdween.

'Joy!' wees Andries haar terecht. 'Het is niet Tabea's schuld. Jonas is door een wesp gestoken. Daar kan niemand iets aan doen. Ik wil dat je je excuses aan Tabea aanbiedt.'

Joy schudde koppig met haar hoofd.

'Laat maar Andries, ze is van streek. Het geeft niet,' zei Tabea zachtjes. Als Andries Joy zou dwingen haar excuses aan te bieden, zou dat het alleen nog erger maken.

'Je kunt naar huis gaan, hoor,' vertelde Joy haar uit de hoogte. 'Papa en ik hebben je nu niet meer nodig. Jonas ook niet.'

'Joy, Tabea blijft hier,' zei Andries streng. Hij keek Tabea aan en zijn blauwe ogen smeekten haar bijna om te blijven.

Ze knikte heel langzaam en bleef. Op sommige momenten begreep ze niet waarom ze het zichzelf aandeed. Joy trok al de aandacht van haar vader. Ze liet hem geen moment met rust en ze liet hem ook geen mogelijkheid om met Tabea te praten.

Lange tijd later kwam een dokter die Andries meenam naar het kamertje waar Jonas waarschijnlijk lag. Tabea keek hen na, bang dat het slechter met Jonas gegaan was.

Joy ging ver bij Tabea vandaan zitten. Het duurde lang voor Andries weer terug was en Tabea was het liefst naar hem op zoek gegaan. Joy hield zich erg rustig: ze was op een bank gaan liggen en had haar ogen dicht, misschien sliep ze, maar dat kon Tabea niet vaststellen. Het zou haar niets verbazen dat ze deed alsof om een confrontatie met haar uit de weg te gaan.

Ruim een halfuur later kwam Andries weer terug. Hij zag bijna nog bleker dan eerst en hij ging naast Tabea op een stoel zitten. Nu omarmde ze hem wel en hij klampte zich stevig aan haar vast. Tabea durfde niet te vragen hoe het met Jonas ging, want hoewel Joy nog niet gereageerd had op de terugkomst van Andries, was ze er natuurlijk nog wel en misschien was het beter als ze geen details over de toestand van haar kleine broertje hoorde.

'Tabea?' Hij liet haar uiteindelijk toch wat losser.

'Zou je vannacht bij Joy willen blijven en haar morgenochtend naar school willen brengen?' Het was goed aan hem te zien dat het hem moeite kostte haar die vraag te stellen. 'Ik wil graag bij Jonas blijven. Het gaat nog steeds erg slecht met hem en Joy kan niet hier blijven.'

'Ze zal niet met me mee willen, Andries.' Tabea voelde tranen in haar ogen komen, toen ze aan het drama van die middag op school dacht.

'Ik weet niet wie ik het anders zou kunnen vragen. Mijn ouders zijn er niet. Zou je het alsjeblieft willen proberen? Ik zal met haar praten.' Andries keek haar bijna smekend aan. 'Ik heb je nodig, Tabea.'

'Papa!' klonk het waarschuwend van zijn dochter.

Andries zuchtte diep en liet Tabea los. 'Joy, we moeten praten.' Hij ging naar de bank waar Joy op lag. Tabea was niet verbaasd dat ze inderdaad had liggen luisteren.

'Joy, ik wil dat je met Tabea mee naar huis gaat. Jullie kunnen dan misschien spaghetti eten en nog even televisie kijken, maar daarna ga je naar bed om te slapen.' Hij had Joy bij zich op schoot genomen en tot haar ergernis was Tabea nu degene die jaloers was. 'Ik blijf vannacht bij Jonas, iemand moet op hem passen, want het gaat nog niet zo goed met hem.'

Joys gezichtje betrok. 'Ik kan toch op Jonas passen?'

'Nee, schat. Ik pas op Jonas en jij gaat gewoon naar huis, dan kan je in je eigen bed slapen.' Hij drukte het kind dicht tegen zich aan en gaf haar een zoen op haar voorhoofd.

'Papa?' probeerde Joy weer en ze trok een pruillip.

Tabea voelde dat het kind alles zou doen om haar vader zover te krijgen dat het anders geregeld werd. Ze kon het zich voorstellen, maar ze had erg met Andries te doen.

'Joy, hou op.' Andries slikte een keer moeilijk. 'Ik wil geen protesten meer horen. Ik ben moe en ik maak me zorgen om Jonas. Ik wil me niet ook nog zorgen om jou moeten maken. Jij gaat met Tabea mee. Ze zal voor je zorgen en je morgen naar school brengen. Ik haal je dan weer op.' Hij drukte haar nog een keer dicht tegen zich aan. 'Ik kan Jonas hier toch niet alleen laten? Als hij weer gezond is, komt hij weer thuis en wordt alles weer normaal.'

Tot Tabea's verbazing ging Joy hierna met haar mee. Zonder morren en zonder huilbuien of woedeuitbarsting. Helemaal gerust was ze er nog niet op, maar het was een begin.

Ze zei Andries ter afscheid alleen kort gedag. Ze gaf hem geen kus en raakte hem niet aan, hoewel ze niets liever had willen doen. Hij zag er verslagen uit, maar ze had voor die dag genoeg problemen gehad en ze vermoedde dat er nog wel een paar zouden komen, voor Joy in bed lag. Ook was ze er niet zeker van of zij haar zorgen om Jonas de baas zou kunnen blijven en hij zat er natuurlijk niet op te wachten dat zij ook nog in tranen zou uitbarsten.

'Heb je zin in spaghetti?' vroeg Tabea in de lift aan de zesjarige. Joy antwoordde niet en staarde naar haar schoenen. 'Of heb je er misschien meer zin in om naar McDonald's te gaan?' Op het moment dat ze het zei, wist ze dat ze bezig was het kind om te kopen. Joy was gek op McDonald's. 'Je mag kiezen. Ik trakteer.'

Joy keek haar een keer schuw aan. 'McDonald's.'

Tabea was blij dat het kind ergens voor koos. Misschien zou ze op vreemd terrein minder vijandig tegen haar doen dan thuis.

Voor het eerst zou ze in Andries' huis overnachten en nu was hij er niet.

Hoofdstuk 9

Tabea probeerde de tijd bij McDonald's te rekken. Ze deed haar best om met Joy te praten. Over school, over Andries, over Jonas. Ze vertelde zelfs iets over de baan die ze op het moment had op de administratie van een tuincentrum. Ze probeerde erachter te komen waarom het kind zo tegen haar deed, maar Joy hield haar mond. Ze zweeg bijna de hele avond, wat het onderwerp ook was. Eten deed ze gelukkig wel en tegen de tijd dat ze thuis kwamen was het al bijna negen uur geweest. Veel te laat voor Joy en Tabea hoopte dat ze naar bed zou gaan en snel zou slapen. Het was vreselijk om niet te weten wat ze met het kind moest beginnen.

'Weet je hoe laat het al is?' begon ze vrolijk, alsof het haar verbaasde en de tijd was omgevlogen. In werkelijkheid was de tijd omgekropen.

Joy haalde haar schouders op.

'Het is al negen uur geweest, ik denk dat het hoog tijd is dat je naar bed gaat.' Tabea glimlachte toen Joy haar aankeek.

'Ik ga helemaal niet naar bed,' protesteerde het kind natuurlijk toch, 'ik ben al hartstikke groot en ik mag net zo laat naar bed als ik wil.'

Tabea schudde haar hoofd. 'Nee, ik weet dat je normaal om half acht naar bed gaat.'

'Ik ga pas naar bed als papa weer thuis is.' Joy liep koppig naar de televisie en deed hem aan.

'Papa blijft bij Jonas in het ziekenhuis. Jij gaat nu naar bed.' Tabea zag dat ze een dvd van Sneeuwwitje in de speler stopte.

'Joy!'

'Ik wil nog een keer Sneeuwwitje zien en dan ga ik naar bed,' zei het kind op een toon alsof ze het meende.

Tabea ergerde zich toen ze zichzelf hoorde zeggen dat ze daarmee akkoord ging. 'Wel wil ik dat je eerst gaat wassen, tanden poetsen en je pyjama aantrekt.'

'Nee!'

'Dan ga je meteen naar bed!' hield Tabea vol. 'Welterusten!' Ze liep naar Joy toe in de hoop haar woorden wat kracht bij te kunnen zetten.

'Je bent gemeen!' riep het kind nu uit, terwijl ze bleef waar ze was.

'Ik ben helemaal niet gemeen. Het is allang tijd dat je in bed ligt en nu bied ik je de mogelijkheid Sneeuwwitje te zien en dan is het nog niet goed!' hield Tabea nu voet bij stuk. 'Ga naar bed, Joy.'

'Mijn papa vindt het altijd goed als ik Sneeuwwitje kijk,' zei Joy verongelijkt. Ze gaf het niet snel op, maar dat had ze al eerder gemerkt.

Tabea betwijfelde of Andries haar om deze tijd nog Sneeuwwitje liet kijken. 'Ik ben jouw papa niet.'

'Nee, en je bent ook mijn mama niet!'

Het klonk boos en wanhopig tegelijk en Tabea werd er weer een beetje rustiger door. 'Dat weet ik, Joy, maar papa is er nu niet en hij heeft gevraagd of ik op je wil passen en dat doe ik.' Ze haalde diep adem voor ze verder kon spreken. 'Je gaat nu heel snel zelf naar bed of ik breng je erin.'

De telefoon ging en Joy rende erheen. In haar haast drukte ze op de luidsprekerknop en ze hoorde Andries verbaasd vragen: 'Joy, wat doe jij nog op?'

'Papa, papa. Tabea is heel erg boos op me.'

'Joy, dat kan ik me voorstellen, je had allang in bed moeten liggen. Als je nu niet heel snel gaat, dan word ik ook nog heel erg boos op je.' Tabea hoorde hem een zucht slaken. 'Welterusten

Joy, geef me Tabea even.'

'Nee!' Joy gooide de telefoon op de bank en rende de trap op. Tabea haastte zich naar de telefoon, maar de verbinding was toch verbroken.

Met lood in haar schoenen liep ze naar de bovenverdieping. Joy lag op het bed van Andries te huilen.

'Joy, kom op.' Toch wel wat aarzelend liep ze de slaapkamer binnen.

'Ga weg! Ik wil dat je weggaat!' schreeuwde Joy naar haar.

'Joy, alsjeblieft.' Tabea ging bij haar op het bed zitten. 'Ik wil helemaal geen ruzie met je maken.' Hoe moeilijk het meisje ook tegen haar gedaan had, ze wilde nu niets liever dan haar in haar armen nemen om haar te troosten. Ze had diep medelijden met het kind en ze herinnerde zich plotseling weer hoe zij zich soms had gevoeld. Haar vader was gestorven toen ze ook pas acht was geweest.

'Ga weg! Ga weg!' bleef Joy echter roepen en Tabea besloot het te doen. Misschien zou het kind toch wel in slaap vallen en dan sliep ze in ieder geval een paar uur. Ze was net beneden toen de telefoon weer ging en omdat ze ervan overtuigd was dat het Andries was, nam ze snel op.

'Hoe is het met Jonas?' vroeg ze voor hij iets had kunnen zeggen.

'Wel beter, ik ben de hele tijd bij hem geweest. Hij gaat het wel redden.' Hij klonk toch wel een beetje bedrukt, ondanks het goede bericht. 'Is het erg moeilijk met Joy?'

'Ze ligt boven op bed te huilen,' antwoordde Tabea. 'Maar maak je niet zo veel zorgen over haar, we redden het wel tot morgen. Ze is zo moe dat ze straks vast wel in slaap zal vallen.'

'Het spijt me,' zei Andries zachtjes.

'Maak je geen zorgen,' zei ze nog een keer. 'Probeer een beetje te slapen,' raadde ze hem aan. Zelf was ze ook doodmoe en nadat ze hem nogmaals had verzekerd dat hij zich geen zorgen moest maken en dat ze van hem hield, verbrak ze de verbinding.

Een nieuw probleem kwam aan de orde: waar zou ze slapen? De meest logische plaats zou Andries' slaapkamer zijn en daar was Joy nu. Joy zou nooit accepteren dat zij daar ook zou slapen en dat kon ze zich ook wel heel erg goed voorstellen. Zachtjes sloop ze naar boven en voorzichtig keek ze om het hoekje van Andries' kamer: Joy sliep. Op haar gezicht was een spoor van tranen te zien. Ze wilde dat ze iets voor het meisje kon doen om het wat makkelijker te maken. Heel voorzichtig trok ze een van de dekbedden van het bed, daarna liep ze naar het kamertje van Joy om haar Barbie-dekbed te pakken en dat over haar heen te leggen. Zij zou beneden op de bank slapen, dat ging best voor een nachtje. Ze durfde het niet aan om Joy naar haar eigen kamer te brengen. Als ze wakker zou worden, zou het hele theater weer van voren af aan beginnen en daar zou ze even niet tegen kunnen.

De volgende ochtend nam Tabea vrij van haar werk. Ze was nogal gaar van de bijna slapeloze nacht op de bank en als het kon, wilde ze bij Andries en Jonas zijn. Ook had ze Joy nog niet op school en als het meisje nu niet heel snel zou opstaan, zou ze daar te laat komen.

Ze liep naar de slaapkamer. 'Joy?' fluisterde ze. 'Joy, wakker worden. Je moet naar school.' Voorzichtig raakte ze de schouders van het meisje even aan.

Joy draaide zich meteen om.   Het was duidelijk dat ze al wakker was geweest en op haar eerdere roepen niet had willen reageren.

'Ben je er nog steeds?' vroeg ze boos. 'Is papa er niet?'

'Papa is nog in het ziekenhuis bij Jonas. Het gaat al beter met hem,' legde Tabea geduldig uit. 'Sta op, dan kunnen we ontbijten voor ik je naar school breng.'

'Ik ga niet naar school.'

'Natuurlijk wel. Je moet naar school.' Tabea slaakte een zucht. Daar gingen ze weer. Precies waar ze al bang voor was geweest. 'Papa zal je dan weer ophalen.'

Met tegenzin stond Joy op. Ze liet zich door Tabea niet helpen en Tabea liet haar alles alleen doen. Zolang ze zich inderdaad aankleedde, maakte het haar niet uit dat ze haar "prinsessenjurk" aantrok.

'Zal ik je haren doen? Ik kan een prinsessenvlecht maken,' probeerde ze en even zag ze nieuwsgierigheid in de ogen van Joy verschijnen. 'Je hebt vast wel een mooie strik, die komt dan helemaal onderin.'

Hoewel ze er even over nadacht, schudde Joy toch haar hoofd.

Het ontbijt verliep zwijgend. Tabea smeerde een paar boterham-men voor op school. 'We moeten gaan, anders kom je te laat.' Tabea gaf haar het pakje met brood aan. 'Trek je jas aan en pak je tas. Ik breng je snel met de auto.'

Joy ging haar tas pakken, maar kwam terug met een roze strik. Ze overhandigde haar de strik zonder iets te zeggen.

'Wil je een prinsessenvlecht?'

Het kind knikte snel en aan Tabea ontsnapte een zucht van opluchting. 'Ga even op de keukenstoel zitten dan.' Hierdoor zouden ze vermoedelijk te laat op school komen, maar ze was allang blij dat ze iets voor het meisje kon doen.

Het duurde niet lang voor ze het haar van Joy gevlochten had en de strik had bevestigd. Het stond heel mooi bij de jurk. In de spiegel liet ze haar het resultaat zien. Even glimlachte de prinses naar haar, maar meteen veranderde de blik weer in ongelukkig en koppig.

Tabea bracht Joy tot in de klas, om zich te verontschuldigen voor het te laat komen en te vertellen dat Andries zijn dochter weer zou komen ophalen. De juf vroeg gelukkig niets en Tabea was vreselijk opgelucht toen ze het gebouw weer verliet. Zonder Joy. Ze hadden het gered!

Meteen reed ze naar het ziekenhuis.

Andries zag er vreselijk uit: moe, bleek en verward. Ze omarmde hem. 'Hoe is het met Jonas?'

'Wel weer beter.' Hij drukte haar tegen zich aan alsof ze zijn laatste redding was. 'Wil je naar hem toe?' vroeg hij na een poosje zachtjes.

Ze knikte, Andries liet haar los en wees haar een deur. Aarzelend liep ze het kamertje binnen. Ze sloop naar het bedje, waar Jonas in lag en er sprongen tranen in haar ogen. Zijn gezichtje was opgezet en rood, er zat een slangetje in zijn neus en aan zijn rechterpols zat een infuus. Hij was wakker en had zijn ogen open. Met glanzende ogen keek hij haar aan. 'Tea.'

'Hallo liefje.' Teder streelde ze hem over zijn wangetje. Het liefst wilde ze hem in haar armen nemen, maar dat kon niet. Ook mocht ze maar heel even bij hem blijven. Ze beloofde snel weer bij hem te komen kijken. Hij sliep alweer voor ze uitgesproken was. Zachtjes liep ze het kamertje uit en ging naast Andries zitten.

'Is alles goed met je?'

'Nee.' Hij leek dichtbij tranen te zijn en Tabea omarmde hem, met veel moeite haar eigen tranen terugdringend.

'Met Jonas komt het weer goed,' fluisterde ze, terwijl ze hoopte dat ze niet loog. Het jongetje had er zo kwetsbaar uitgezien.

Andries knikte een paar keer langzaam en haalde diep adem.

'Het spijt me dat het met Joy zo moeilijk is gelopen.'

'Het geeft niet, al hoop ik dat jij haar straks van school gaat halen,' zei ze eerlijk.

'Dat zal ik doen en dan zal ik eens een hartig woordje met haar spreken.' Hij keek haar aan.

'Ik denk niet dat dat zin heeft, waarschijnlijk wordt het dan zelfs erger.' Joy zou dan echt een reden hebben om een hekel aan haar te hebben en dat wilde ze niet.

'Toch moet ze leren dat ze zo niet met iemand kan omgaan. Zeker niet met iemand die heel erg belangrijk voor me is.' Hij keek Tabea bezorgd aan.

'Dat is het probleem, dat snap ik wel.' Tabea zuchtte diep en liet zich door Andries in zijn armen trekken.

'Tabea, laat me nu niet in de steek alsjeblieft.' Hij drukte haar dicht tegen zich aan. 'Ik hoop dat Joy zal inzien dat jij belangrijk voor me bent en dat ze dat ook zal accepteren, ik wil het heel erg graag. Omdat ik heel veel van je hou en hoop de rest van mijn leven met je door te brengen.'

'Andries.' Na de afgelopen nacht had ze het gevoel dat Joy haar nooit zou accepteren, zelfs na het maken van de prinsessenvlecht leek er niet echt iets tussen hen veranderd te zijn. 'Dat kan niet. Laten we daar niet over praten, voorlopig niet.' Ze drukte zich nog dichter tegen hem aan. Hij had net uitgesproken wat ook zij wilde: de rest van haar leven bij hem zijn.

Voor zijn familie was dat echter nog te vroeg.

De hele ochtend bleef ze bij hem en ze merkte dat ze net zo opgelucht was als hij, toen een arts kwam vertellen dat het met Jonas allemaal weer goed zou komen.

'Laten we naar huis gaan, dan kun je nog even slapen voor je Joy van school moet halen,' stelde ze voor. 'Je zult wel kapot zijn.' Ze omarmde hem weer en hij knikte langzaam.

'Heb je op de bank geslapen?' Hij keek haar verbaasd aan, toen hij het dekbed op de bank zag liggen. 'Dat had je niet hoeven doen.'

'Joy sliep in jouw bed en toen heb ik hier geslapen, dat ging best hoor.' Ze haalde haar schouders op, pakte het dekbed en liep ermee naar boven. Ze pakte Joys dekbed van het bed en bracht het naar haar slaapkamer. Ze ontdekte een foto op Andries' bed: waarschijnlijk had Joy daarnaar liggen kijken nadat ze wakker was geworden. Een foto van een heel gelukkige familie: Andries, Monique, Joy en als heel kleine baby: Jonas.

Tabea pakte de foto op en bekeek hem, er sprongen tranen in haar ogen en uiteindelijk zette ze de foto op het nachtkastje naast het bed. Ze hoorde de douche lopen en ging weer naar beneden. Eigenlijk was ze veel liever bij hem onder de douche gegaan, maar hij was totalloss en ze zou hem met rust laten.

In zijn badjas kwam Andries niet veel later naar beneden en Tabea stelde vast dat ze hem zó, niet geschoren en met nog natte haren, heel erg sexy vond. Ze liep, hoewel ze zich had voorgenomen hem met rust te laten, naar hem toe om hem te omarmen.

'Zal ik iets te eten voor je maken?' vroeg ze hem voor hij zijn lippen op de hare had kunnen drukken.

'Nu je het zo zegt: ik heb best trek. Een gebakken ei zal er wel in gaan.' Hij glimlachte vermoeid.

'Ga zitten, dan maak ik dat voor je,' stelde ze voor.

'Dat hoef jij toch niet te doen?' Hij ging zitten.

'Hoeven niet, maar ik wíl het wel doen.' Ze gaf hem een kus en verdween naar de keuken, bakte een paar eieren en zette een kan koffie.

Tegen de tijd dat ze uit de keuken terugkwam, stelde ze vast dat Andries op de bank lag te slapen.

Ze ging op een stoel zitten om naar hem te kunnen kijken, ze vond het altijd leuk om naar hem te kijken en ze had nog nooit naar hem gekeken als hij sliep. Het was vervelend dat ze hem na een halfuurtje alweer moest wekken, omdat hij Joy van school moest gaan halen. Hij keek ook even niet echt blij, maar toen hij haar zag, lachte hij toch. 'Zo is het leuk wakker worden.' Meteen scheen hij zich weer te realiseren wat er aan de hand was en hij kwam langzaam overeind. Het was duidelijk dat hij erg vast geslapen had. 'Het is kwart over drie en je zou Joy van school gaan halen,' hielp ze hem herinneren. Hij knikte langzaam en stond op. 'Tabea, het spijt me dat het met Joy zo gelopen is.' Hij trok haar in zijn armen.

'Dat weet ik, maar het geeft niet. Jij kunt er niets aan doen.' Achteraf leek het ook allemaal heel wat minder erg en Tabea haalde haar schouders op. 'Laten we het er niet meer over hebben, we hebben het doorstaan. Joy zal het ook wel overleven. Maak je er maar geen zorgen over.'

'Tabea, je bent een schat. Ik zou niet weten wat ik zonder je zou moeten beginnen.' Hij streelde haar haren.

'Dan had je ook wel een oplossing gevonden,' zei ze zachtjes.

Andries keek haar aan alsof hij het zich afvroeg.

'Als je mij niet had gehad, was je wel op het idee gekomen om Melanies moeder te vragen of Joy bij haar kon blijven.' Tabea glimlachte. 'Andries, ik hou van je, maar ga je nu snel aankleden, anders krijg jij ook nog ruzie met Joy. Ik ga ervandoor. Als je belangrijk nieuws over Jonas hebt, moet je me bellen.'

'Waarom blijf je niet?' Hij was bij haar vandaan gelopen, maar bleef abrupt staan.

'Omdat je wat tijd aan Joy moet besteden. Gisteren en vandaag waren voor haar ook niet erg leuk.'

'Je hebt gelijk.' Hij zuchtte en kwam naar haar toe. 'Ik bel je dan.' Hij gaf haar nog een heerlijke zoen en liet haar toch weggaan.

Hoofdstuk 10

Het ging maar langzaam beter met Jonas, maar hij zou weer gezond worden. In de week die hij in het ziekenhuis was, ging Tabea iedere dag bij hem kijken, op tijden waarvan ze zeker wist dat ze Joy niet zou ontmoeten. Andries bracht het grootste deel van zijn tijd bij zijn zoon door. Vaak zag ze hem in het ziekenhuis en zelfs als ze elkaar daar hadden gezien belde hij haar iedere avond om haar over Jonas' toestand te berichten en gewoon om bij te praten.

Tabea was erg verbaasd toen hij op een dinsdagmiddag plotseling bij haar voor de deur stond. 'Jonas komt morgen uit het ziekenhuis.' Zijn hele gezicht straalde en ze omarmde hem blij: dat nieuws maakte haar ook erg gelukkig. 'Ga je met me mee om hem op te halen?'

'Natuurlijk,' zei ze snel, maar toen bedacht ze zich. 'Nee, ik geloof niet dat dat een goed idee is. Je kunt beter Joy meenemen.'

'Ik wilde Joy ook meenemen, ze gaat morgen niet naar school en dan zijn we morgen allemaal thuis,' zei Andries, duidelijk een beetje teleurgesteld door haar reactie.

'Ik vind het beter om niet mee te gaan.' Ze slikte. 'Bovendien kan ik geen vrije dagen blijven nemen.' Natuurlijk wilde ze graag mee Jonas uit het ziekenhuis ophalen, maar Andries, Joy en Jonas moesten meer tijd met elkaar doorbrengen, als familie. De situatie werd steeds moeilijker en ze wilde niet dat Joy daardoor problemen zou krijgen.

'En Jonas?' probeerde Andries. 'Hij is erg gek op je.'

'Ik zal echt wel weer een keer komen, maak je daarover geen zorgen.' Ze drukte een kus op zijn lippen. 'Ik heb een cadeautje voor hem dat je mee kunt nemen, dan kan je zeggen dat dat van mij is.' Ze liep naar de kast waar ze het cadeautje had liggen, het was een pluche vogeltje dat eruitzag als Tweetie en ze wist zeker dat Jonas hem leuk zou vinden. 'Geef hem een knuffel van me, oké?'

Andries knikte en pakte het knuffelbeest aan. 'Krijg ik ook een knuffel van je?'

'Natuurlijk.' Ze sloeg haar armen al om zijn hals. 'Maak er morgen een gezellige dag van.'

'Ik zou het nog gezelliger vinden als jij erbij was.' Hij drukte haar tegen zich aan, voor hij haar weer aankeek. Het was moeilijk om niet aan hem toe te geven.

'Joy niet, en ik denk dat zij deze week genoeg van me te verduren heeft gehad.'

'Je moet me wel een vreselijk slechte vader vinden,' zei hij met een zucht.

'Nee, dat vind ik niet.' Ze schudde haar hoofd. 'Ik vind je een hele goede vader. Ik vind dat je het fantastisch doet in je eentje. Je bent stapelgek op je kinderen en je kinderen aanbidden je, maar op het moment is het je, denk ik, allemaal een beetje teveel en kan je wel wat hulp gebruiken. Het spijt me vreselijk dat ik je niet kan helpen. Dat ik het je alleen moeilijker maak.'

'Jij kunt er ook niets aan doen, ik ben degene die teveel wil. Misschien moet ik eens kijken of ik ergens iets minder kan gaan doen.'

'Waar dan?' Tabea liet hem los en liep een stukje bij hem vandaan. 'Je werk? Dat kan niet, dan kan je niet in je huis blijven wonen. Je kinderen? Dat is helemaal onmogelijk. Het enige wat je minder zou kunnen gaan doen is mij zien.' Haar stem trilde.

'Dat zou onderhand betekenen dat we nooit meer bij elkaar kunnen zijn.' Andries liep naar de bank en ging zitten. 'Zo vaak zien we elkaar niet.'

Tabea haalde haar schouders op, alsof het haar niets kon schelen. 'Je kinderen zijn veel belangrijker dan ik en Joy heeft je op het moment heel hard nodig.'

'En jij?' Andries keek haar met opgetrokken wenkbrauwen aan.

'Ik ben oud genoeg om in te zien dat het zo niet goed werkt,' fluisterde ze. Ze zag dat misschien in, het deed evengoed pijn.

'Kom eens hier,' zei Andries zachtjes en ze ging naast hem op de bank zitten om zich door hem in zijn armen te laten nemen. 'Je wilt dus beweren dat jij mij niet nodig hebt.'

Ze schudde haar hoofd. 'Dat heb ik niet gezegd, maar ik weet wel dat het zo niet goed gaat.' Ze wist heel zeker dat ze niet zonder hem kon leven.

'Ik heb jou ook nodig. Mag ik dan helemaal niet meer aan mezelf denken? Ben ik er echt alleen maar voor de kinderen?' Hij gaf haar niet de mogelijkheid om te antwoorden omdat hij haar zo hartstochtelijk kuste dat ze alles om zich heen vergat.

'Vanavond is ouderavond op school,' vertelde Andries haar een paar dagen later zachtjes. 'Joy wil niet dat ik ga.'

'Zo erg kan het toch niet zijn?' Tabea glimlachte. 'Ik vond het ook altijd vreselijk als er een ouderavond was.'

'Haar juf heeft me gevraagd te komen.' Andries zuchtte diep.

'Je bent zélf zenuwachtig.' Tabea grinnikte nu, daarna sloeg ze haar armen om zijn hals.

'Volgens mij kan het niet veel goeds betekenen, als je extra gevraagd wordt op een ouderavond te komen.' Andries keek haar aan alsof hij het ergste verwachtte.

'Ik denk dat ze gewoon met je wil praten. Zo lang is Joy nog niet op die school. Er is in haar leven veel gebeurd de laatste jaren. Ik denk niet dat er iets vreselijk mis is,' probeerde ze hem gerust te stellen, terwijl ze hoopte dat het waar was. 'Misschien heeft haar juf ook gewoon een oogje op je.'

Ze had het als grapje bedoeld, maar aan de manier waarop hij zijn wenkbrauwen optrok, was duidelijk te zien dat hij dat niet zo opvatte. Dat maakte haar duidelijk hoe nerveus hij was. Ze dacht ook niet dat ze hem op zijn gemak had kunnen stellen voor hij weer naar huis ging.

Toen die avond om half elf de bel ging, wist ze dat het Andries was.

'Ze heeft me ook naar jou gevraagd.' Andries ging met een zucht zitten.

'Naar mij?' Tabea ging geschrokken naast hem zitten. Zou haar relatie met Andries ertoe hebben geleid dat Joys juf met hem had willen praten? Eerlijk gezegd was die gedachte nog niet in haar opgekomen.

'Ze wilde weten of het al iets beter ging tussen jou en Joy.' Andries pakte haar handen beet. 'Ze was nogal verbaasd geweest over Joys gedrag toen jij haar kwam ophalen.'

'En nu wilde ze weten wat ik het arme kind heb aangedaan dat het zo heftig reageerde?' Tabea voelde zich vreselijk aangevallen.

Andries schudde zijn hoofd. 'Nee, dat wilde ze niet weten. Ze hoopt dat het beter zal gaan tussen jullie en...'

'Wat wil je nu?' onderbrak ze hem wat abrupt, terwijl ze opstond.

'Ik begrijp je niet.' Andries keek haar verbaasd aan.

'Wil je dat ik jullie met rust laat? Het is duidelijk dat onze relatie Joy geen goed doet.' Teleurgesteld zakte ze weer op de bank neer. 'Haar juf heeft zelfs een hekel aan me.'

'Dat geloof ik niet.' Andries schoof weer dichter naar haar toe. 'Volgens mij was ze gewoon geïnteresseerd. Ze heeft het verder ook echt nog over Joys schoolresultaten gehad, hoor.'

'Zijn die erg achteruitgegaan sinds ik jou ken?' Hij kon haar niet echt geruststellen. Ze was er tenslotte ook schuldig aan dat het met Joy niet zo goed ging.

Andries zuchtte. 'Een beetje wel. Ze is een beetje zenuwachtiger geworden en ze heeft er wat moeite mee zich te concentreren.'

Tabea voelde zich diep gekwetst door dit bericht en wat Andries ook zei, ze voelde zich niet beter. Zelfs niet toen hij haar in zijn armen nam en haar vertelde dat hij van haar hield.

'Tabea?' Andries keek haar vragend aan toen ze niet zo uitbundig reageerde als ze anders altijd deed.

'Je kunt nu beter naar huis gaan,' zei ze zachtjes. Het was inmiddels half twaalf. 'Je moeder zal onderhand wel naar huis willen.'

Andries keek op de klok en trok een gezicht. Met een diepe zucht stond hij op. 'Is alles goed met je?'

Ze knikte. 'Jawel, hoor.'

'Is alles goed met ons?' Hij streelde haar gezicht.

Ze haalde haar schouders op. 'Je kunt beter gaan.'

Andries schudde zijn hoofd.

Tabea knikte. 'Andries, ik wil gewoon even over ons nadenken. Ik ben heel erg graag met jou samen, maar ik weet niet of Joy me ooit zal accepteren en of onze relatie dan wel zin heeft.'

'Zo slecht was het nieuws dat ik van haar juf heb gekregen nu ook weer niet,' zei hij behoorlijk terneergeslagen. 'Misschien heeft haar gedrag op school helemaal niets met ons te maken.'

'Je weet wel beter en ik vind het reden genoeg om erover na te denken.' Tabea stond op.

'We praten hier weer over.' Andries stond ook op. 'Nee, ik bel mijn moeder op om te zeggen dat het later wordt, dat vindt ze vast niet erg.'

'Andries!' Tabea schudde haar hoofd. 'We praten er een andere keer over.'

Hoofdstuk 11

'Mama, waarom ben je nooit meer getrouwd?' Tabea was bij haar moeder op bezoek en besloot een thema aan te snijden waarover ze nog nooit eerder hadden gesproken. Sinds een aantal dagen vroeg ze het zich echter af.

Pia Rensenbrink zuchtte en haalde haar schouders op.

'Was het omdat er geen mannen waren in je leven die je interessant vond? Vanwege mij? Of heb je er nooit over nagedacht?' vroeg Tabea verder.

'Waarom wil je dat nu ineens weten?' Haar moeder keek haar verbaasd aan.

'Gewoon, omdat we het daar nog nooit over hebben gehad. Ook vanwege Andries.' Ze voelde zich moe en verdrietig en zat vreselijk met haar gevoelens in de knoop.

'Je houdt van hem,' stelde haar moeder met zachte stem vast.

'Ja, ik hou erg veel van hem en ik denk dat hij wil dat ik bij hem blijf. Maar ik weet niet of ik dat kan doen.' Na hun gesprek van de vorige avond wist ze helemaal niets meer. Uiteindelijk had ze hem ervan kunnen overtuigen naar huis te gaan, maar zodra hij de deur uit was geweest had ze gewenst dat hij was gebleven.

'Vanwege het meisje,' zei haar moeder begrijpend. Tabea had al eens het een en ander over de moeilijke situatie gezegd, maar toen had ze nog gedacht dat het wel goed zou komen.

'Ja, hoofdzakelijk vanwege Joy,' gaf Tabea toe. Het was vreselijk dat ze bezig was het op te geven en de relatie met Andries te beëindigen. 'Ze wil me niet. Vanaf het begin heeft ze me niet gemogen. De laatste tijd is het alleen maar erger geworden. Op school gaat het slechter met haar en wat ik ook doe of niet doe: het is nooit goed.'

'Toen je vader net was gestorven, wilde je ook niets met andere mannen te maken hebben. Iedere man die hier binnen of aan de deur kwam, al was het de postbode of de man die de meter kwam opnemen, behandelde je vijandig,' vertelde haar moeder haar.

'Echt?' Dat kon ze zich helemaal niet herinneren. 'En wat heb je gedaan?'

'Niets. Ik maakte me er geen grote zorgen over, omdat ik niet van plan was een verhouding te beginnen met de postbode of de meteropnemer.' Haar moeder glimlachte. 'Ik ben nooit meer getrouwd omdat ik nooit meer een man ben tegengekomen van wie ik genoeg hield. Je vader was de enige voor mij. Dat ik alleen ben, ligt niet aan jou.'

Haar opluchting verbaasde haar, want tot nu toe had ze daar nog nooit over nagedacht. 'Als je wel iemand zou zijn tegengekomen op wie je echt verliefd was geworden, wat had je dan gedaan?' vroeg Tabea echter toch.

'Ik weet het niet. Het is nooit gebeurd, maar ik denk dat ik uiteindelijk wel met die man getrouwd zou zijn.' Haar moeder streelde een beetje afwezig Tabea's handen.

'Ook als ik dan echt problemen zou hebben gemaakt?' Het viel Tabea op dat haar moeder haar trouwring nog steeds droeg. Andries had de zijne op de dag dat ze elkaar hadden ontmoet afgedaan.

'Als hij me dan nog zou hebben gewild wel. Dat je vader niet meer leefde, betekende niet dat ik ook op moest houden met leven.'

Dat waren precies de woorden die Andries eens had gebruikt en Tabea's hart sloeg een slag over.

'Ik denk niet dat ik per se alleen wilde blijven.' Pia kneep haar dochter een keer zachtjes in haar hand. 'Het was ook geen schuldgevoel tegenover je vader of jou. Ik ben alleen niemand tegengekomen met wie ik wilde leven. Het is nu ook weer niet zo dat ik nooit iets met een man heb gehad of zo, maar echt verliefd was ik nooit meer.' Ze zuchtte. 'Voor een man is het misschien ook anders als hij met kleine kinderen achterblijft.'

'Waarom? Omdat hij een nieuwe moeder voor zijn kinderen wil hebben?' Het klonk een beetje kribbig. 'Dan heeft hij de verkeerde. Joy wil mij helemaal niet.'

Blijkbaar had haar moeder door dat die woorden haar pijn hadden gedaan. 'Ik weet niet of dat voor Andries ook geldt. Ik weet zeker dat hij veel om je geeft, Tabea. Ik heb jullie een paar keer samen gezien en ik vind jullie een leuk stel.'

'Ik weet niet of het genoeg is om de problemen met Joy aan te kunnen.' Tabea trok haar handen los en pakte haar kopje op om een slok van haar thee te drinken. 'Ik weet niet of ik zo verder kan.'

'Je moet doen wat jij denkt dat goed is.' Haar moeder zuchtte. 'Wat ik denk dat goed is, is iets heel anders dan wat ik wil. Ik wil graag voor altijd bij Andries zijn, maar ik denk dat het beter is wanneer we uit elkaar gaan.' Eigenlijk had ze haar beslissing genomen en hoewel ze erg haar best deed, kon ze niet voorkomen dat ze in tranen uitbarstte. Haar moeder trok haar in haar armen en wiegde haar troostend heen en weer.

Een halfuurtje later moest ze al haar moed bij elkaar schrapen om naar Andries toe te gaan. Het was beter om meteen een eind aan hun relatie te maken, voor het nog moeilijker zou worden.

'Tabea?' Andries trok haar in zijn armen. Een gewoonte waarop ze gerekend had en heel even liet ze het toe, wilde ze nog dicht bij hem zijn. Haar hart klopte wild en het liefst wilde ze voor altijd in zijn armen blijven, maar langzaam liet ze hem toch los en ging hem voor naar de woonkamer. Jonas was nergens te bekennen en ze hoopte dat hij in bed zou liggen en nog een poosje zou blijven slapen. Als het goed was, zat Joy op school.

'Andries, ik moet je iets zeggen,' zei ze, nadat ze in het midden van de woonkamer was blijven staan.

'Wat is er?' Andries keek haar bezorgd aan en ze zag in zijn ogen dat hij waarschijnlijk al vermoedde wat er ging gebeuren.

'Ik wil...' Er sprongen tranen in haar ogen. 'Onze relatie beëindigen.'

'Tabea, nee!' Hij trok haar weer in zijn armen. 'Alsjeblieft niet.'

'Andries...' Ze probeerde zich uit zijn armen los te maken, maar hij liet haar niet meteen los. 'Andries, ik meen het!'

Hij liet haar daarop toch los en keek haar aan. 'Waarom?'

'Je weet best waarom.' Ze liep bij hem weg. 'We worden allemaal ongelukkig als we bij elkaar blijven.'

Andries schudde zijn hoofd. 'We zouden er toch over praten? Ik wil niet dat je weggaat.'

'Ik ga toch.' Het klonk helemaal niet overtuigend en als ze aan de praat zouden raken, dan zou ze zeker aan het kortste eind trekken, uiteindelijk samen met Joy. Als ze maar niet zoveel van hem hield! 'Het spijt me dat het niet zo gelopen is als we het ons voorgesteld hadden. Maar ik kan het zo niet langer en Joy en jij ook niet.'

'Tabea, ik hou van je. Betekent dat dan helemaal niets voor je?' Hij streelde haar gezicht en keek haar aan. 'Ik hou vreselijk veel van jou en ik heb je nodig. Geef me nog een kans. Geef Joy nog een kans, alsjeblieft.'

'Ik heb het toch geprobeerd?' Nu kon ze haar tranen niet meer tegenhouden. 'Andries, maak het nu niet nog moeilijker dan het al is. Ik heb hier heel lang over nagedacht en ik zou graag willen dat het anders was. Je weet dat ik het heb geprobeerd omdat ik van jou hou, Andries, en omdat ik Joys gedrag kan begrijpen, maar ze maakt het ons onmogelijk. Als ik blijf, is Joy ongelukkig.

Doordat Joy ongelukkig is, worden jij en Jonas dat ook en dan zijn jullie een familie. Ik zal er nooit helemaal bijhoren als Joy er niet anders over gaat denken.'

'Je houdt nog steeds van me,' bracht hij ertegen in. 'Ik hou ook van jou en we hebben het toch goed samen?'

'We zijn niet samen, Andries, we zullen nooit samen zijn omdat jouw kinderen, vooral Joy, tussen ons in blijven staan. Begrijp dat dan, alsjeblieft. Probeer het te begrijpen. Het is uit tussen ons.' Ze pakte haar tas en liep zijn huis, zijn leven uit, en haar hart brak in duizenden stukjes. Ze deed alsof ze niet hoorde dat hij haar nariep en ze was blij dat ze haar auto niet had afgesloten zodat ze snel kon instappen en wegrijden.

Achteraf kon ze zich niet eens meer herinneren hoe ze thuisgekomen was, ze wist alleen dat ze thuis was en dat haar leven helemaal niets meer voorstelde zonder Andries. Zonder Jonas en zelfs zonder Joy. Toch wist ze ook dat ze niet terug kon, niet zolang er niets veranderd was. Wat zou er kunnen veranderen? Joy was zo verbeten en het was duidelijk dat ze haar echt niet had gemogen. Wist ze maar precies waarom. Misschien was het niets persoonlijks, misschien was het alleen maar omdat ze bang was dat ze Andries van haar weg zou nemen. Nu hoefde ze niet meer bang te zijn. Dat was stukken beter voor Joy.

Hoofdstuk 12

Tabea miste Andries vreselijk, maar de eerste week nam ze de telefoon niet op en als er iemand aan de deur stond, liet ze hem staan. Ze wilde Andries niet onder ogen komen en ze wist dat de meeste telefoontjes van hem kwamen en de kans dat hij voor de deur zou staan, was zeker ook aanwezig.

Vertwijfeld vroeg ze zich af wat ze bij Joy verkeerd gedaan had, ze kon zich geen bepaald voorval herinneren. Vanaf het eerste moment dat Joy haar gezien had, had ze haar vijandig behandeld, al voor ze in het zwembad ook maar één woord met elkaar hadden gewisseld.

Tabea stortte zich helemaal op haar werk en nam ieder baantje aan dat ze kon krijgen, ook die met vreselijke werktijden, en er waren zelfs een paar dagen dat ze zowel overdag als 's avonds werkte. Alles om niet aan Andries, Jonas en Joy te hoeven denken. Werken voor een uitzendbureau zorgde voor afleiding, zeker met de steeds wisselende werkgevers en werkzaamheden, maar toch was de familie Tilborg geen moment uit haar gedachten.

Ze deed erg haar best om zich aan de nieuwe situatie aan te passen, maar zelfs als ze overdag hard had gewerkt en ze uitgeput op bed lag, keerden haar gedachten steeds terug naar Andries. Als ze 's nachts alleen was, was ze er meestal van overtuigd dat ze een enorme fout had gemaakt. Overdag wist ze zeker dat het de enige juiste beslissing was geweest omdat ze met Joy rekening moest houden. Slapen deed ze amper en meestal werd ze misselijk wakker. Het duurde echter nog een poosje voor het tot haar doordrong dat ze misschien zwanger zou kunnen zijn.

De gedachte daaraan had onmiddellijk een nieuwe golf van misselijkheid tot gevolg. Zodra ze dacht dat de inhoud van haar maag zou blijven waar die hoorde, liet ze zich tegen de muur van het toilet zakken. De tranen liepen over haar wangen en dat was niet alleen van het overgeven. Het kón niet waar zijn. Het mócht niet waar zijn. Met een woest gebaar veegde ze de tranen uit haar gezicht. Natuurlijk kon ze ook best griep hebben of iets verkeerds hebben gegeten. Ze hoefde niet zwanger te zijn. Die paar keer dat ze met elkaar gevreeën hadden, hadden ze condooms gebruikt. Toch wist ze best dat ze geen griep had en wat kon ze verkeerd hebben gegeten als ze amper at?

Tabea staarde geschokt naar de uitslag van de test. De kleur was veranderd en dat betekende dat ze zwanger was. Eigenlijk had ze geen test nodig gehad om dat te weten, maar ze had gehoopt dat de test het zou ontkennen. Voor de zoveelste keer barstte ze in tranen uit. Wat moest ze doen? Het liefst wilde ze naar Andries. De hele tijd miste ze hem, maar nog niet eerder had ze zich zo alleen gevoeld. Dit was nieuws dat ze met hem wilde delen, dat ze hem moest vertellen, maar het ging niet. Hij had het al moeilijk genoeg met twee kinderen, ze kon hem toch niet nog een derde kind op zijn dak sturen? Joy zou dat helemaal nooit accepteren. Ze keek van de test naar een foto waar Andries, Jonas en Joy op stonden. Ze miste hen vreselijk, maar het meest miste ze Andries. Met hem had ze alles kunnen bespreken, maar hiermee kon ze niet naar hem toe. Nog niet. Misschien wel nooit. Het was niet alleen Joys reactie waar ze bang voor was.
De afwijzende reactie van Erik op haar vorige zwangerschap herinnerde ze zich ook steeds weer. Dat zou ze niet nog een keer kunnen verdragen. Natuurlijk was Andries heel anders dan Erik. Hij had al twee kinderen van wie hij zielsveel hield, twee bewust gekozen kinderen.
Eerst zou ze naar de dokter gaan om zich te laten onderzoeken. Ze wist weliswaar niet goed hoe het verder moest, maar dit kind

zou ze krijgen.

Als het allemaal goed zou gaan. Bij die gedachte sloeg haar hart weer een paar slagen over.

Doordat er geen oorzaak was gevonden voor de dood van Ray, had de dokter haar gezegd dat ze best weer zwanger zou kunnen worden en dat de kans dat het weer mis zou gaan, erg klein was. Toch was ze daar bang voor. Ze stond op en pakte de telefoon om Andries te bellen, ze koos zijn nummer en kreeg het antwoordapparaat. Zonder een boodschap achter te laten hing ze weer op. Alleen het horen van zijn stem op het bandje had haar weer helemaal van streek gemaakt. Een halfuurtje later belde ze de dokter om een afspraak te maken.

'Ik denk niet dat je je zorgen hoeft te maken, Tabea,' zei dokter de Bree. 'Ik heb geen afwijking kunnen ontdekken. Natuurlijk is het nog erg vroeg om het met zekerheid te kunnen zeggen, maar alles wijst op een heel normale zwangerschap.' Er sprongen tranen in Tabea's ogen en ze wist zelf niet of dat van opluchting was of van iets anders. Ze was namelijk niet opgelucht, ze wist nog steeds niet wat ze moest beginnen en bij haar vorige zwangerschap was ook alles normaal gelopen. Zes maanden lang en toen was haar baby gewoon gestorven.

'Ik maak me eigenlijk ook geen zorgen over jouw baby,' onderbrak de arts haar beangstigende gedachten. 'Ik maak me meer zorgen om jouw toestand. Wat is er aan de hand?'

'Dat wordt vast weer beter,' zei ze zachtjes. 'Ik ben gewoon een beetje moe.' Het duizelde haar plotseling.

'Zal je goed voor jezelf zorgen?' Hij nam haar bezorgd op. 'En voor je baby? Tabea, ga zitten.' Hij duwde haar bijna op een stoel. 'Je gaat toch hier niet van je stokje?' Tabea schudde haar hoofd, terwijl ze besefte dat dat bijna gebeurd was.

'Zal ik iemand voor je bellen om je op te halen?' vroeg de arts haar bezorgd, terwijl hij een bekertje met water vulde en dat aan haar gaf.

Ze schudde weer haar hoofd en dronk aarzelend een slokje. 'Het gaat zo wel weer.'

'Je was niet van plan geweest om zwanger te worden.' Dokter de Bree ging weer aan zijn tafel zitten.

Tabea schudde weer haar hoofd. 'Ik wilde nooit meer zwanger worden na de laatste keer.'

'Overweeg je abortus?'

Geschokt door zijn vraag keek ze de man aan en ze zag dat hij zijn wenkbrauwen gefronst had. 'Nee, natuurlijk niet!'

'Gelukkig. Maar je reageert een beetje anders dan de meeste vrouwen die ik hier krijg voor een zwangerschapstest.' Dokter de Bree glimlachte weer.

'Dat spijt me.' Ze haalde een paar keer diep adem. 'Het zal allemaal wel lukken. Ik moet nog even aan het idee wennen, dan zal het wel weer gaan.'

'Je hoeft je geen zorgen te maken, maar ik zal er voor je zijn als je denkt dat er iets niet goed is.' Dokter de Bree stond weer op. 'Ik kan je doorverwijzen naar een andere gynaecoloog als je dat wilt. Ik heb hier een paar namen voor je en ook wat andere informatie. Ik denk dat je je geen zorgen hoeft te maken. Als jij er tenminste een beetje bovenop komt.'

Tabea stond weer op, nam afscheid van de man en als in trance ging ze naar huis. Daar aangekomen liet ze zich op een stoel vallen en begon ze op te schrijven, wat ze Andries wilde zeggen als ze hem belde of wat ze hem in een brief zou schrijven. Ze wist nog steeds niet precies wat ze zou doen, maar ze moest het hem vertellen. Dit kon ze niet voor hem verbergen, dat wílde ze ook niet. Ze moest hem weer zien en ze moest met Joy praten.

Nadat ze het zoveelste papiertje in de prullenbak had gegooid, ging de bel. Ze was zo met Andries bezig dat ze hoopte dat hij voor de deur zou staan. Voor het eerst sinds weken hoopte ze dat hij het was.

'Erik!' riep ze bijna uit na de vaststelling dat het Andries niet was, maar haar ex-vriend. Op hem had ze helemaal niet gerekend.

'Hallo, lieveling.' Hij glimlachte stralend en onwillekeurig stelde Tabea vast dat ze hem nog steeds een knappe man vond. Dat was ook meteen alles wat ze vaststelde, want de vergelijking met Andries kon hij onmogelijk doorstaan. Behalve dat ze nogal schrok van zijn verschijnen voelde ze niets meer voor hem.

'Wat doe jij hier?' vroeg ze hem ongeduldig. Ze zat niet echt te springen op een ontmoeting met haar ex net op de dag dat ze had gehoord dat ze zwanger was en ze op het punt had gestaan om dat Andries te laten weten.

'Ben je dan helemaal niet blij om me te zien?' vroeg hij verontwaardigd. 'Laat je me niet binnen?'

Met tegenzin opende ze de deur en liet hem binnen. Hopelijk verdween hij dan weer snel. Zonder veel aandacht aan haar te besteden ging hij op de bank zitten, daarna bekeek hij haar onderzoekend. 'Je ziet er vreselijk uit.'

Het verbaasde haar dat het hem opviel en ze keek hem aan.

'Dank je wel,' antwoordde ze op spottende toon.

'Is het zo erg?' vroeg hij haar en het verbaasde Tabea dat hij scheen te weten wat er met haar aan de hand was. Ze had hem ook nooit verteld waar ze woonde en dat wist hij ook.

Verbaasd over zijn interesse in haar knikte ze langzaam.

Hij strekte zijn hand naar haar uit. 'Tabea, ik had gehoopt dat je me nog niet helemaal vergeten zou zijn, maar dit had ik niet verwacht.'

Pas nadat ze bijna haar hand in de zijne had gelegd, begreep ze dat hij dacht dat het zo slecht met haar ging vanwege hem. Weer voelde ze een enorme teleurstelling. Erik was natuurlijk niets veranderd. Hij dacht nog steeds alleen aan zichzelf. Abrupt trok ze haar hand terug.

'Wat doe je hier?' vroeg ze hem weer, zich er nu heel wat meer van bewust waar ze was en wat er aan de hand was. 'Als je hier bent om commentaar op mijn uiterlijk te leveren, kan je meteen weer weggaan. Ik weet hoe ik eruit zie.'

'Ik wilde je graag weer zien,' sprak hij zachtjes. 'Ik mis je, Tabea.'

'Waarom? Is je vriendin bij je weg?'

Haar ongeduldige toon ontging hem niet.

'Tabea, lieveling, ik heb je nodig,' probeerde hij nu met een verongelijkte uitdrukking op zijn gezicht.

Die woorden deden haar wel iets, ze werd er boos om. 'Je weet helemaal niet hoe het is om iemand nodig te hebben.' Ze zou hem nooit vergeven dat hij haar in de steek had gelaten toen haar leven in elkaar stortte.

'Schat, wat is er met je aan de hand?'

Het was duidelijk dat hij deze reactie niet van haar verwacht had. Waarschijnlijk had hij gedacht dat ze hem op haar knieën zou smeken weer bij hem te mogen terugkomen. Er waren tijden geweest dat ze dat ook gedaan zou hebben. Het was geen wonder dat hij een ego had van hier tot Tokio. Hij was niets veranderd, maar waarschijnlijk was zij dat wel en het werd tijd dat ze zich ernaar ging gedragen.

'Niets wat jou aangaat. Ik had gewoon een rothumeur en dan kom jij binnenvallen. Daar zat ik echt niet op te wachten.' Ze liep naar de deur. 'Als je me niets anders te zeggen hebt, kan je weer gaan. Ik heb er geen behoefte meer aan om met jou bevriend te zijn, dus laat me verder met rust.'

Erik maakte echter geen aanstalten om weg te gaan. Hij zat haar aan te kijken alsof hij helemaal niet kon geloven dat ze hem wegstuurde.

'Erik, ga weg!' Het klonk net zo vermoeid als ze zich al dagen voelde, maar dat kon haar helemaal niets schelen. 'Ik wil je niet meer zien. Ik wil je nooit meer zien. Het is allang afgelopen tussen ons en ik weet heel zeker dat het nooit meer iets kan worden.' Ze wist nu hoe het voelde wanneer iemand echt van haar hield.

Eindelijk leek hij het te begrijpen en tot haar opluchting stond hij op, maar in plaats van weg te gaan liep hij naar haar toe en trok hij haar in zijn armen.

'Erik!' Ze probeerde zich los te rukken, maar hij hield haar stevig vast.

'Tabea, kom op,' fluisterde hij en hij probeerde haar te kussen.

Voor zijn lippen de hare konden raken, had Tabea hem al in zijn gezicht geslagen.

Zelf schrok ze er minstens net zo erg van als hij.

'O, lieve help.' Geschokt staarde ze van zijn wang naar haar hand en weer terug.

'Tabea, wat is er met je aan de hand?' Hij had haar losgelaten en stond haar verbijsterd aan te kijken, er verscheen een rode vlek waar ze hem had geraakt.

'Dat heb ik je toch al gezegd? Niets wat jou aangaat.' Langzaam begon ze van de schrik te bekomen. Nooit eerder had ze iemand geslagen en ze was ook nooit van plan geweest dat te doen. Toch vond ze dat Erik het verdiend had. Allang. 'Als je meteen was gegaan toen ik je dat vroeg, was dit niet gebeurd. Ik meen het echt, ik wil je niet meer zien!' Ze opende de deur. 'Nooit meer!' Gelukkig ging hij nu zonder nog een woord te zeggen. Tabea gooide de deur achter hem dicht. Iets te hard, want het ruitje rammelde en even was ze bang dat het eruit zou vallen.

Ze ging niet verder met het schrijven van haar brief, dat kon ze niet. Nu ze Erik weer had gezien, wist ze weer wat er met haar zou gebeuren als Andries besloot dat hij haar en haar baby toch niet wilde. Waarschijnlijk was het beter om van tevoren te weten dat ze op niemands hulp kon rekenen dan te worden teleurgesteld op het moment dat je iemand echt heel hard nodig had.

Hoofdstuk 13

Er werd op de deur gebonkt. Gebonkt? Wat was dat nu weer, ze had toch een bel? Tabea stond met een zucht op en ging met tegenzin kijken. Door het matglazen ruitje kon ze onderscheiden dat wie er had gebonkt niet groot genoeg was om te bellen. Blijkbaar was het een kind en ze opende snel de deur.

'Joy?' Verbaasd keek ze naar het kind dat voor haar deur stond. 'Kom binnen. Ben je alleen?'

Joy knikte snel en Tabea liet haar de woonkamer binnen.

'Wat is er?' vroeg ze, bezorgd naar het spoor van opgedroogde tranen op het gezichtje kijkend. 'Joy, is alles goed met je?' Ze ging op haar hurken voor het kind zitten en pakte haar handen vast. Het kind barstte meteen in huilen uit en Tabea drukte haar automatisch tegen zich aan. Met het meisje in haar armen stond ze op en liep naar de bank, waar ze ging zitten. Ze was erg verrast dat Joy dat toeliet, ze kon zich niet herinneren dat Joy ooit eerder had toegestaan dat ze haar aanraakte.

Joy was zo overstuur dat er de eerste tijd geen zinnig woord uit te krijgen was en Tabea merkte dat er ook tranen over haar wangen liepen. Er moest iets vreselijks zijn gebeurd. Het ging niet goed met Andries of met Jonas.

'Joy, vertel me alsjeblieft wat er aan de hand is.' Teder veegde ze de tranen uit het gezichtje van het kind.

'Papa is heel erg boos op me. Hij houdt niet meer van me.' Weer begon ze te snikken.

'O, lieverd, natuurlijk houdt papa nog van je.' Tabea drukte het kind weer dichter tegen zich aan. 'Papa zal altijd van je houden, Joy. Altijd.'

Joy bleef echter haar hoofd schudden.

'Vertel me dan wat er gebeurd is.' Ze streek door de haren van het kleine meisje.

'Papa is heel erg verdrietig omdat jij bent weggegaan. Hij is heel erg boos op mij, omdat ik je heb weggejaagd.' Joy snikte nog steeds overstuur.

'Weet papa waar je bent?' Ze kon zich niet voorstellen dat Andries Joy had laten merken wat er zich had afgespeeld. Maar ze wist ook dat kinderen een extra zintuig voor zoiets hadden. Ze schenen precies te weten wat er gebeurde of gebeurd was.

'Nee, ik ben weggelopen. Ik wist nog waar je woonde.' Joy liet iets uit haar handen vallen. Tabea zag dat het een foto was, die langzaam naar de grond zweefde.

Ze pakte hem op: het was een oude klassenfoto, vierde klas lagere school. Haar vierde klas lagere school. Dezelfde foto had ze ergens in een doos zitten.

'Papa zegt dat jij daar ook op staat.' Joy keek haar met grote ogen aan. 'Papa heeft gezegd dat je mama kent.'

Tabea knikte een keer en bekeek de foto. Ze stond naast Monique en de gelijkenis met Joy viel haar nu heel erg op. Op de foto waren ze hoogstens twee jaar ouder dan Joy nu.

'Ik heb bij jouw mama in de klas gezeten.' Ze wees zichzelf aan.

Joy keek naar haar en vergeleek haar met het meisje op de foto.

'Vond je haar lief?' Joy keek weer naar de foto en veegde een keer met haar hand langs haar ogen.

'Ja, we waren vriendinnetjes, net als jij en Melanie,' legde ze uit. 'Maar toen is mama verhuisd en naar een andere school gegaan. We zagen elkaar daarna nooit meer. Dat vond ik erg jammer.'

'Papa en mama maakten veel ruzie.' Joy ging weer op de bank zitten en ze leek zelf geschrokken over wat ze had gezegd.

Tabea was verbaasd over de opmerking van Joy. 'Toch weet ik dat ze heel veel van elkaar hebben gehouden.' Andries had haar verteld dat zijn huwelijk met Monique goed was geweest.

'Ik heb nog nooit gemerkt dat jij en papa ruzie hadden.' Joy snikte weer.

'We waren ook niet zo heel erg vaak samen,' zei Tabea zachtjes. 'Als we samen waren, wilden we geen ruzie maken. Wanneer mensen veel bij elkaar zijn, kan het best dat ze een keer ruzie maken, ook als ze elkaar verder lief vinden. Jij maakt vast ook wel eens ruzie met iemand.'

'Met Melanie heb ik wel eens ruzie gemaakt,' zei Joy berouwvol.

'Nu zijn jullie toch weer vriendinnen?' Tabea merkte onwillekeurig dat ze glimlachte, toen Joy langzaam knikte. 'Met papa zal ook alles weer goed komen, hij zal zich wel zorgen om je maken. Ik zal je naar huis brengen.' Het betekende dat ze Andries onder ogen moest komen, maar ze moest Joy naar hem toe brengen. Hij zou zich gek maken van zorgen en nooit op het idee komen dat Joy naar haar toe was gegaan.

'Ik wilde niet stout tegen je zijn.' Het klonk erg oprecht. 'Kom je terug?'

Tabea veegde de tranen van Joys gezicht, daarna uit het hare. Ze wist helemaal niet wat ze op de vraag moest antwoorden.

'Ben je nog steeds boos op me?' Joy begon bijna weer te huilen toen Tabea haar niet meteen het antwoord gaf dat ze blijkbaar had willen horen.

Tabea schudde haar hoofd. 'En papa zal ook niet meer boos op je zijn.'

'Vind je mijn papa niet meer lief?' Dapper keek Joy haar aan.

'Ik vind jouw papa heel erg lief.' Ze merkte dat ze glimlachte.

'Ben je weggegaan omdat ik altijd gemeen tegen je was?' Joy schoof een stukje bij haar vandaan en haalde een keer haar neus op.

Tabea wist een moment niet wat ze daarop moest antwoorden, maar ze besloot eerlijk tegen het kind te zijn. Dat moest ze wel, als ze wilde dat het ooit weer goed zou komen, dus knikte ze een beetje aarzelend. 'Ik wilde niet dat je ongelukkig was, omdat je mij niet aardig vindt. Daarom ben ik weggegaan.'

'Ik wilde dat je wegging,' zei Joy zachtjes. Schuldbewust staarde ze naar de vloerbedekking. 'Ik was bang dat papa mama zou vergeten, maar toen jij nooit meer kwam, was papa heel erg verdrietig. Bijna net zo verdrietig als toen mama doodgegaan was en hij werd heel snel boos op mij. Ook op Jonas, en hij hoopte altijd dat je terug zou komen. Jonas is ook erg verdrietig, hij vraagt steeds naar je.'

'We gaan samen naar papa en dan praten we met hem. Je zult zien dat hij nog steeds van je houdt en niet meer zo heel erg boos op je is.' Tabea omarmde Joy. Ze was er heel erg dankbaar voor dat haar onderweg niets was gebeurd. Niet veel later belde ze naar Andries om hem te vertellen dat met Joy alles goed was. Helaas kreeg ze een bezettoon.

Joy was erg bang voor wat haar vader zou gaan zeggen en Tabea probeerde haar onderweg een beetje op te vrolijken. Ze kon zich niet voorstellen dat hij heel erg boos zou zijn als hij Joy weer veilig thuis had. Ze kon dat Joy echter niet duidelijk maken.

'We gaan aanbellen.' Tabea opende het portier en maakte de gordel los.

'Ik wil niet.' Joy keek haar bang aan. 'Tabea, ik wil niet.'

'Joy, kom op.' Ze streelde even het gezichtje. 'Je durfde toch ook naar mij toe te komen? Dat was juist erg dapper van je. Papa maakt zich heel grote zorgen om je en hij zal vreselijk blij zijn dat je er weer bent en dat er niets met je gebeurd is onderweg. Ik ga wel voor.'

Na een korte aarzeling stapte Joy toch uit. Ze greep Tabea's hand vast en Tabea voelde dat het handje ijskoud was.

Tabea haalde een keer diep adem voor ze aanbelde. Ze had niet gedacht hier weer voor de deur te staan en ze maakte zich er een beetje zorgen over hoe Andries op haar zou reageren. Dat mocht ze Joy natuurlijk niet laten merken.

Het duurde niet lang voor Andries de deur opende.

'Tabea!' Even lichtten zijn blauwe ogen op, daarna slaakte hij een zucht. Het leek wel van teleurstelling. Hij had natuurlijk gehoopt dat Joy weer voor de deur zou staan.

'Joy is weg,' begon hij snel te vertellen. Toen ik wakker werd vanochtend, was ze er niet. De politie is naar haar aan het zoeken. Ik heb net geprobeerd je te bellen, maar je was er niet.' Het was duidelijk dat hij erg over zijn toeren was. Hij zag er moe uit en hij had wallen onder zijn ogen, die dof en verdrietig stonden.

'Andries, Joy is niet weg.' Ze trok het kind achter zich vandaan. 'Ze was naar mij toe gegaan.'

'Naar jou? Alleen?' Andries viel op zijn knieën om zijn dochter te omarmen. 'O, Joy, ik heb me zulke zorgen om je gemaakt. Wat ben ik blij je te zien, is alles goed met je?'

Tabea zag dat er tranen van opluchting langs zijn wangen liepen en aangezien ze ook weer begon te huilen, draaide ze zich om en liep ze weg. Ze zou naar huis gaan en de familie Tilborg weer proberen te vergeten, gewoon zoals ze het zich had voorgenomen.

Hoofdstuk 14

'Tea?' Jonas riep haar na. 'Tea!'

Tabea kon natuurlijk onmogelijk verder lopen en draaide zich naar hem om. Jonas kwam naar haar toe en pakte haar bij haar benen vast, zodat ze geen stap meer kon verzetten. Hij stak daarna zijn armpjes naar haar uit en ze tilde hem op. Hij kroop dicht tegen haar aan. 'Hallo, Jonas,' begroette ze hem ontroerd.

'Papa, je moet tegen Tabea zeggen dat ze terug moet komen,' hoorde ze Joy tegen Andries zeggen.

'Laten we eerst maar vragen of ze nog even binnen wil komen.' Andries was met Joy in zijn armen opgestaan en keek Tabea vragend aan.

'Even dan,' knikte ze en met Jonas nog steeds dicht tegen zich aangedrukt liep ze mee het huis binnen.

'Is alles goed met je?' Andries raakte teder haar gezicht aan en Tabea knikte automatisch. Haar knieën leken van pudding te zijn.

'Ga zitten. Ik moet even wat mensen bellen.' Andries wees naar de bank en Tabea ging zitten. Andries pakte de telefoon en liep ermee naar de keuken. Net als de eerste keer had ze het gevoel thuis te komen. Ondanks alles wat er was voorgevallen, was er aan haar gevoelens voor hem helemaal niets veranderd.

Joy kwam naar haar toe en sloeg ook haar armen om haar hals. 'Papa is niet boos op me. Papa vindt me nog steeds lief.' Ze drukte een natte kus op haar wang en ging daarna dicht tegen haar aan zitten. Bij Tabea liepen de tranen langs haar wangen. Het duurde niet lang voor Andries de kamer weer in kwam. Hij glimlachte toen hij hen zag zitten. De opluchting was nog steeds duidelijk op zijn gezicht te zien.

Joy liet haar los en richtte haar aandacht op haar broertje.

'Jonas, kom mee. We gaan spelen. Papa en Tabea moeten met elkaar praten. Dan komt ze misschien weer bij ons terug.' Ze trok hem aan zijn arm en hij ging met haar mee naar boven, waarschijnlijk naar Joys kamer.

Andries stond hen verbaasd na te kijken en Tabea kon haar ogen amper van hem afhouden, ze hield nog steeds van hem. Waarschijnlijk zou dat nooit meer overgaan.

'Wat is er met Joy aan de hand?' Hij keek nu weer naar haar.

'Ze maakte zich zorgen om je. Ze vindt het heel erg dat het haar schuld is dat je zo verdrietig bent de laatste tijd en daarom kwam ze naar me toe om te vragen of ik weer terug wil komen.' Tabea sprak veel te snel en haalde een keer diep adem voor ze verder ging. 'Ze was er ook heel erg bang voor dat je haar niet meer terug wilde hebben omdat ze stout was geweest en gemeen tegen mij. Ze heeft mij haar excuses aangeboden.'

Andries zuchtte diep. 'Ik heb je gemist, Tabea, maar ik dacht niet dat ik dat de kinderen zo duidelijk had laten merken. Ik heb nooit tegen Joy gezegd dat het haar schuld was dat jij me niet meer wilde.' Andries was naar haar toe gekomen en ging naast haar op de bank zitten. 'Maar nadat je was weggegaan, was ik wel aardig van slag. Natuurlijk niet zo gek dat Joy het heeft gemerkt.' Hij schudde zijn hoofd. 'Ik heb me zulke zorgen om haar gemaakt vandaag. Op het idee dat ze naar jou was zou ik nooit zijn gekomen.'

'Dat dacht ik al, daarom ben ik zo snel mogelijk naar je toe gekomen. Ik heb geprobeerd je te bellen, maar je was in gesprek. Joy wilde niet naar huis. Hebben jullie heel erge ruzie gehad?'

'Ik denk dat ik een beetje te fel heb gereageerd op alles wat ze deed. Dat wilde ik niet, maar ik...' Hij haalde verslagen zijn schouders op, daarna sloeg hij zijn armen om haar heen en trok haar dicht tegen zich aan. 'Tabea, het spijt me allemaal zo.'

Tabea wilde iets zeggen, maar de woorden kwamen niet. Voorlopig was het heerlijk om zijn armen om zich heen te voelen, zijn hart te horen kloppen en gewoon heerlijk dicht tegen hem aan te zitten. Wat haar betrof, bleef dat de eerstkomende tijd zo, maar ze waren er nog lang niet. Hiermee was nog niet alles opgelost. Ze zouden toch nog met Joy en Jonas moeten praten, bovendien moest ze hem nog zeggen dat ze zwanger was. Ook dat zou Joy heel erg kunnen vinden en dan kon alles weer van vooraf aan beginnen.

'Papa, waarom kus je Tabea niet? Vind je haar niet meer lief?' hoorden ze Joy van boven roepen en toen ze naar de trap keken, zagen ze dat ze op de bovenste tree zat. Toen ze hen zag kijken, stond ze snel op en ging naar haar kamer.

Tabea grinnikte een keer. 'Ik moet zeggen dat het voorstel van je dochter me wel bevalt. Waarom kus je me niet?'

'Ik vind je nog heel erg lief. Ik hou van je.' Toen deed hij wat zijn dochter hem had voorgesteld: hij kuste haar eindelijk.

Tabea had het gevoel dat ze alles om zich heen kon vergeten. Dat alleen Andries nog maar belangrijk was. Ze had zijn aanrakingen en kussen gemist. Niemand kuste zoals hij. Niemand was belangrijker voor haar dan hij. Hoe had ze het in vredesnaam zo lang zonder hem kunnen volhouden? Ze was weer waar ze hoorde: in zijn armen.

'Zou je voor altijd terug willen komen? Zou je mijn vrouw willen worden? De moeder van mijn kinderen? Zou je met ons willen trouwen?' Andries keek haar een heleboel kussen later aan.

Heel even dacht ze dat haar hart een paar slagen miste en ze kreeg het warm en koud tegelijk.

'We hebben nog heel wat te bespreken, Andries,' zei ze zachtjes. Veel liever had ze meteen *ja* gezegd op zijn huwelijksaanzoek. Een paar heerlijke kussen garandeerden niet meteen dat echt alles helemaal goed was. Ook wist hij van haar zwangerschap nog niets. 'Ik ben zwanger,' zei ze dus meteen, omdat het veel te belangrijk was om nu te verzwijgen. 'Ik ben bang dat dat weer voor problemen zal zorgen met Joy. Of misschien zelfs voor jou. Ik begrijp niet hoe en wanneer het gebeurd is, maar het is een vaststaand feit.'

Even fronste hij zijn wenkbrauwen, maar toen brak er een glimlach op zijn gezicht door. 'Met dat hoe kan ik je wel verder helpen.'

'Je weet best wat ik bedoel,' reageerde ze heftig. Hij zou toch niet net zo reageren als Erik had gedaan? Andries toch niet?

Meteen werd hij weer ernstig. 'Ja, ik weet wat je bedoelt.' Hij trok haar in zijn armen en wreef over haar rug. 'Lieveling, ik hou vreselijk veel van jou. Ik wil echt de rest van mijn leven met je delen. Ik denk dat Joy en Jonas van je zullen houden. Jonas houdt al heel erg veel van je en ik denk dat Joy je nu ook geaccepteerd heeft. Ik denk dat we een kans maken het te gaan redden en...'

'Maar de baby wil je niet,' viel ze hem in de rede.

'Hoe kom je daar nou bij? Ik was toch nog niet uitgesproken.' Een beetje verontwaardigd keek hij haar aan. 'De baby wil ik natuurlijk ook. Dat is onze baby, Tabea, dat is toch heerlijk.' Het klonk een beetje alsof hij er verbaasd over was dat ze het moeilijk had gevonden het hem te vertellen. 'Ook Joy zal van onze baby gaan houden, dat weet ik zeker. Toen Jonas geboren werd, was ze ook niet erg makkelijk, maar dat is ook goed gekomen. We horen bij elkaar.'

'Het zal niet zo makkelijk worden.' Tabea zuchtte diep, maar was heel erg opgelucht dat Andries haar en de baby toch nog wilde.

'Was je van plan het me te vertellen, als Joy niet plotseling voor je deur had gestaan?' Hij drukte een kusje op haar wang.

'Dat wist ik nog niet. Ik wilde niet nog meer problemen veroorzaken, maar ik vond ook wel dat je het recht had van het bestaan van de baby te weten. Ik was er nog niet helemaal uit. Ik ben aan een brief bezig geweest en toen stond Erik voor de deur.' Ze zuchtte diep bij de herinnering. 'Toen durfde ik niet meer. Ik was er toen weer bang voor dat je net zo afwijzend zou zijn als hij geweest is. Ook ben ik er nog steeds zo bang voor dat het weer mis gaat. Ik wist het gewoon nog niet. Ik heb er blijkbaar een talent voor om op het verkeerde moment zwanger te worden.'

'Zeg dat niet, lieverd,' protesteerde hij, 'zeg dat niet.' Hij pakte haar trillende handen vast en kuste ze. 'Wat heeft Erik gezegd?' vroeg hij haar.

'Hij wilde me graag terug. Ik denk dat hij zijn vriendin kwijt is en nu zoekt hij waarschijnlijk iemand die zijn sokken kan wassen.' Tabea glimlachte om haar eigen opmerking. Het was de eerste keer dat ze bij een herinnering aan iets wat met Erik te maken had kon glimlachen. Het was voor het eerst dat ze het gevoel had dat Erik echt ver van haar af stond. 'Ik heb hem geslagen en toen is hij weer weggegaan.'

'Je hebt hem geslagen?' Andries keek haar aan alsof hij zich dat helemaal niet kon voorstellen. 'Jij?'

Tabea knikte en haalde haar schouders op. 'Ja, en ik heb er geen spijt van. Dat had hij verdiend. Het is me een raadsel dat ik ooit verliefd op hem heb kunnen worden.'

'Gelukkig maar.' Andries ging verder met haar kusjes te geven en haar te strelen.

Genietend sloot ze haar ogen. Het was makkelijk om de afgelopen weken te vergeten als hij zo tegen haar deed.

'Andries, ik hou zoveel van je en ik heb je zo vreselijk gemist.'

Ze klemde zich aan hem vast. 'Ik was zo bang.'

Andries liet zijn handen over haar buik glijden. 'Liefste, je hoeft niet meer bang te zijn, ik zal er voor je zijn.'

'Ook als het mis gaat?' Alleen de gedachte daaraan bezorgde haar al koude rillingen.

'Ook dan, maar het gaat niet mis,' zei hij vol overtuiging. 'Je hoeft niet bang te zijn. Je hebt me verteld dat er geen reden gevonden is voor Rays dood. Ik kan me niet voorstellen dat het je nog een keer gebeurt. Ik kan me niet voorstellen dat dat ons nu nog gebeurt. Wees niet bang, ik zal voor je zorgen. Wat de toekomst ook brengt, we horen bij elkaar, voor altijd!'

'Voor altijd,' fluisterde ze en nu pas was ze niet meer bang voor de zwangerschap. Voor het eerst voelde ze geen paniek als ze eraan dacht. Met Andries in haar leven zou alles goed zijn.

'Je hebt mijn vraag nog steeds niet beantwoord.' Hij veegde een traan uit zijn ogen. 'Ik hou van je, Tabea, zou je het met me willen proberen? Zou je met ons willen trouwen? Ik zal alles doen om jou en de kinderen gelukkig te maken.'

'Ja, Andries, natuurlijk wil ik met je trouwen,' zei ze met een stem vol tranen. 'Ik hou van jou en ik zal er ook alles aan doen om jullie gelukkig te maken.' Ze drukte zich opnieuw dicht tegen hem aan.

'Joy, kan je naar beneden komen?' riep Andries naar boven, nadat ze zich weer een beetje in de hand hadden. 'Neem Jonas ook mee.'

Joy kwam aarzelend naar beneden en hielp haar broertje met de trap.

'Joy, kan je me vertellen waarom je Tabea bent gaan opzoeken?' Andries nam haar bij zich op schoot.

Haar gezicht betrok meteen. 'Jij was zo verdrietig toen ze nooit meer kwam en niet meer met je wilde praten. Jonas praatte ook iedere keer over haar. Ik miste haar ook.'

'Dat had je me toch kunnen zeggen?' Andries knuffelde haar even.

Joy schudde haar hoofd. 'Je was boos omdat ik haar weggejaagd heb.'

Andries zuchtte diep. 'Ik heb nooit boos op je willen zijn. Ik hou toch van je. Niets kan me ooit zo boos maken dat dát overgaat.'

'Echt niet?' Joy leek er nog niet helemaal gerust op.

'Echt niet.'

Joy keek hem aan en leek het toen toch te geloven. Daarna keek ze naar Tabea en glimlachte. Nog nooit eerder had een glimlach zoveel voor haar betekend en er sprongen weer tranen in haar ogen.

'Ik heb Tabea gevraagd of ze met mij, met ons, wil trouwen,' zei Andries zachtjes.

'Ben je dan mama helemaal vergeten?' Joy keek hem heel ernstig aan en zo leek ze veel ouder dan zes.

'Nee, ik ben mama niet vergeten. Door jou en Jonas zal ik altijd aan haar blijven denken. Maar wij moeten verder met ons leven en ik hou erg veel van Tabea. Ik wil ook graag bij haar zijn,' legde Andries aan Joy uit.

'Stuur je Jonas en mij dan weg?' vroeg ze met een klein stemmetje. De woorden van eerder hadden haar blijkbaar toch niet helemaal overtuigd en ze was duidelijk bang voor het antwoord.

'Nee, ik stuur Jonas en jou niet weg. Nooit! Jullie zijn mijn kinderen en ik hou van jullie. Dat zal nooit veranderen.' Hij kuste Joy op het puntje van haar neus. 'Was je daar zo bang voor?'

Joy knikte langzaam. 'Ik wil niet dat jij ook weggaat. Ik ben nog veel te klein om voor Jonas te zorgen.'

'Jij hoeft niet voor Jonas te zorgen. Ik blijf bij jullie, ik ga niet weg,' zei Andries ontroerd.

Tabea vond het vreselijk dat ze alweer huilde. Joy had weliswaar nog niets gezegd over de trouwplannen, maar het grote drama waar ze bang voor was geweest was tot nu toe uitgebleven. Bovendien had Joy nu voor het eerst gezegd waar zij bang voor was.

'Wil ze wel met jou trouwen?' vroeg Joy hem zachtjes. 'Omdat ik zo gemeen tegen haar was. Misschien wil zij me helemaal niet. Wil ze alleen Jonas hebben en stuurt zij me weg.'

'O, nee, Joy, dat zal ik nooit doen.' Tabea probeerde door haar tranen naar haar te glimlachen. 'Ik zal ook heel veel van jou houden. We zouden misschien vriendinnen kunnen zijn. Ik wil erg graag met jouw vader en jou en Jonas trouwen.'

'Word jij dan onze nieuwe mama?' Joy keek naar haar.

Tabea haalde haar schouders op. 'We zullen mama nooit vergeten en je hoeft natuurlijk geen mama tegen me te zeggen.'

Joy keek haar ernstig aan. 'Mama vindt het vast niet erg dat jij voor ons zorgt. Ze was jouw vriendinnetje.'

'O, Joy.' Tabea zuchtte diep en trok het kind in haar armen. 'Dank je.' Pas nu was ze er echt gerust op. Natuurlijk besefte ze best dat het evengoed soms niet mee zou vallen. Ze kwam in een kant-en-klaar gezin terecht en dat voor altijd. Toch had niets haar in haar leven ooit zo gelukkig gemaakt dan juist dat.

Ze voelde ook de armen van Andries om zich heen, ze keek naar hem op en ze zag dat bij hem ook de tranen langs zijn wangen liepen.

'Papa!' Jonas stond aan Andries te trekken. Het was duidelijk dat hij zich wat buitengesloten voelde en Andries tilde hem bij zich op schoot om hem ook in de omarming te sluiten.

Hoofdstuk 15

De deur van de slaapkamer ging open. Tabea ging wat meer rechtop zitten en drukte haar baby tegen zich aan.

'Hallo, lieverd.' Andries kwam binnen met aan ieder hand een kind, ze leken nogal verlegen te zijn.

Tabea moest erom glimlachen, want verlegen waren ze eigenlijk nooit.

'Hallo, kom verder,' zei ze. 'Jullie willen vast jullie broertje zien.'

Joy glimlachte onzeker, terwijl Jonas op het bed afstapte. 'Baby kijken.'

Andries hielp hem bij haar op bed en toen durfde Joy ook wel dichterbij te komen.

Jonas wilde meteen aan hem zitten, maar Andries stak daar een stokje voor. 'Alleen kijken, Jonas.'

'Ja, want hij is nog veel te klein om mee te spelen,' zei Joy ernstig, terwijl ze toch ook haar ogen niet van het kindje af kon houden. 'Heet hij Jens?' vroeg ze.

'Ja, hij heet Jens Raymond Tilborg,' zei Andries. Ook hij kon zijn blik amper van zijn jongste zoon afhouden en Tabea was er erg gelukkig over dat hij zo blij was met de baby en met haar. De zwangerschap was zonder problemen verlopen. Natuurlijk was ze evengoed bezorgd geweest, maar Andries was er altijd voor haar geweest om haar weer op te beuren en van haar te houden. Ook tussen Joy en haar verliep het lekker, ze konden het goed met elkaar vinden en van de problemen die ze in het begin hadden gehad was niets meer te merken. Jonas had zich ontwikkeld tot een echte deugniet, die overal harten veroverde, ook iedere keer weer het hare. Datzelfde deed zijn vader, nu ook de vader van haar kind. Hij kwam naast haar zitten en sloeg zijn armen om haar en hun baby heen. 'Ik hou van je,' fluisterde hij in haar oor. Hij gaf haar een kus op haar wang, liet haar weer los en richtte zijn aandacht op de kinderen. 'Zo, en dan nu welterusten zeggen tegen Jens en Tabea, het is al erg laat en jullie moeten naar bed. Morgenochtend kunnen jullie ze weer zien,' sprak hij zachtjes tegen hen.

Jonas en Joy gaven haar alle twee een dikke smakkerd en verdwenen uit de slaapkamer. Ook Andries gaf haar een kus en volgde de kinderen.

Jens bewoog zich in haar armen en toen ze naar hem keek, had hij zijn ogen open en keken ze elkaar recht aan. Haar hart begon sneller te kloppen en ze realiseerde zich dat ze verliefd was op haar kind. Het was zo'n heerlijk gevoel haar baby in haar armen te kunnen hebben en te weten dat het goed met hem ging en hij gezond was. Ze had er geen idee van hoe lang ze naar haar zoon had zitten kijken toen Andries weer binnenkwam.

'Jullie zijn nog wakker,' zei hij en er klonk opluchting in zijn stem door.

'We zitten elkaar een beetje aan te kijken.'

'Mag ik jullie daarbij komen storen?' Hij liet zich weer naast haar op het bed zakken.

'Ja hoor, dat mag je wel. We krijgen vast nog meer kansen om elkaar aan te kijken. Bovendien denk ik dat hij het snel gaat opgeven, hij heeft al een keer gegaapt.' Ze keek naar hem op. 'Slapen ze?'

'Ik denk het niet. Ze zijn nogal vol van hun broertje. Ik zal straks nog wel even bij ze gaan kijken, maar ik wilde jullie ook even zien.' Hij sloeg een arm om hen heen en samen zaten ze een tijdlang sprakeloos te kijken naar het wonder dat in haar armen weer in slaap was gevallen.